光文社文庫

文庫書下ろし

其《き》角《かく》忠臣蔵

小杉健治

光　文　社

この作品は光文社文庫のために書下ろされました。

目次

其《き》角《かく》忠臣蔵

第一章　深川通い

一

　元禄《げんろく》十三年（一七〇〇）、榎本其角《えのもときかく》は四十歳で、師の松尾芭蕉《まつおばしょう》が亡くなった後は江戸で俳諧の中心人物であった。

　其角の頭にはとっくに毛がなくなっていて、もっと年上のようにも見える。中肉中背で見た目がよくないのに、女に好かれる。男の色気があるのだ。その色気は女好きから生まれているに違いない。

　町の人々は、其角のことは『女郎買いの師匠』と陰で言っている。

　吉原《よしわら》では大見世《おおみせ》のみならず、中《ちゅう》見世、小《こ》見世にも足を運ぶ。どこへ行っても、店に合わせた遊びをする。

しかし、今の其角は何も金を使わないでも楽しめる。格子越しに見る花魁《おいらん》の顔や、そこに群がる大勢の男たち、俗に牛太郎《ぎゅうたろう》と呼ばれる若い衆のかけ声、吉原に出ている屋台のおでんの甘い汁の匂い、などを感じるだけでも十分面白いものである。

それでも、花魁と遊びたいときには、俳句を一つや二つ作って金の都合を付ける。今日は茅場町《かやばちょう》の家で、朝から酒を呑みながら俳句を幾つも作ったが、呑みたりない。普段であれば、内弟子の二郎兵衛《じろべえ》に付き合わせるのだが、あいにく郷里に帰っている。もっとも、二郎兵衛には酒を控えるように言われるのがおちだ。

どうしようかと考えたが、やはり一人で呑むのはつまらない。

だからといって、吉原で花魁を侍《はべ》らせるというのはどうも堅苦しくて気軽に楽しめない。

とりあえず外へ出てみた。

十一月、木々の葉は枯れ、木枯《こが》らしが吹くなか、両手を着物の袖の中に組んで適当に歩いていた。家を出てしばらくして亀島川《かめじまがわ》にかかる霊岸橋《れいがんばし》にさしかかったところで、

「おや、先生」

と、正面から来る垂れ目の男に呼びかけられた。

其角は顔をしかめた。

弟子のひとりで隣町に住む花緑《かろく》というものだった。悪い男ではないが、どこか鬱《うっ》陶《とう》しいところがある。弟子内でもあまり好かれていない男であった。

「お前か」

「何です、そんな顔をしないでくださいよ」

「顔に出ているか」

「出ていますよ」

花緑は笑いながら言った。

前々からへなへなした声が鼻に付いていた。一度、しゃべり方を諫《いさ》めたことがあるが、花緑にはふざけて言っているものと捉《とら》えられた。それ以降、諫めることもなかった。

「これから、どちらへ行かれるのですか」

「八幡様へ行く途中だ」

付いてこられたら困ると思い、出鱈目《でたらめ》を言った。

もし花緑が「暇なので、私もご一緒しましょう」と言いだしたら迷惑であった。

其角は鬱陶しそうな顔で花緑を見た。

「そうですか。私も先生とご一緒したいのですが、生憎《あいにく》用を済ませたら家へ帰らなければいけませんので、また今度ゆっくりお話ししたいものです」

残念そうな顔をしていた。

其角はほっとした。

「ああ、また今度な」

と、心にもないことを言って別れた。

其角は八幡様と口に出してしまったからには、足を深川《ふかがわ》へ向けて歩き出した。もう足がそちらへ向いていると、心までもがそちらの方へ行くような気がして、深川で呑もうという気持ちになった。

其角は以前深川に住んでいた。

師匠の松尾芭蕉も深川に住んでいた縁もあってのことだ。

深川から茅場町へ引っ越したのは天和《てんな》二年（一六八二）のことだ。

駒込大円寺《こまごめだいえんじ》から出火した火事が原因で、榎本其角の家を含む富岡八幡宮《とみおかはちまんぐう》近辺はすべて焼け野原となった。その後、しばらくの間深川にはなにもない状態であった。

十六年の時を経て、元禄十一年（一六九八）に深川へわたる永代橋《えいたいばし》がかかるようになり、家づくりの許可が下りたことで、深川は元の街並みに戻った。深川八幡に向かう通りの両側に六軒ずつ計十二軒の茶屋が建ち、十二軒茶屋《じゅうにけんぢゃや》と呼ばれるようになった。

深川仲町《なかちょう》には多くの女たちがいた。しかし、女といっても本当に芸だけで売っているのは半数もいかないで、ほとんどが体を使って客の心を摑《つか》んでいた。

幕府が江戸で唯一《ゆいいつ》認めた遊廓である吉原以外では売春は禁止されていたが、深川の十二軒茶屋のほとんどが女たちの自由に任せて売春をいわば黙認していた。また、客のほうは幕府から禁止されているからこそ、後ろめたい気持ちとどこか悪いことをしでかす心が混じって深川が流行《はや》りはじめてきた。

そういう茶屋が多いなかで、唯一芸を売っても身を売ることはない『扇屋《おうぎや》』という店があった。ここは色で商売をしないかわりに、女たちに踊りや歌や三味線《しゃみせん》と芸を教えて、さらに話もうまく、座敷を盛り上げていた。

其角も幾度か来たことがあった。

たしかに、女と体を合わせなくても隣に座って吞んでいるだけで楽しいと思えた。最近はこの様式が流行りつつある。

いつもは大層賑《にぎ》わっているが、この日はどことなく人の出入りが少なく見えた。

ただ、全《まった》く客が来ないわけでもなさそうである。

其角は店の前を通りかかると、ふと遠目で中を覗《のぞ》いてみた。

ここの若い衆はそれを見逃さなかった。

「先生！」

急に呼びかけたこの若い衆は権兵衛《ごんべえ》という二十五、六歳の男だ。

以前は日本橋浜町《にほんばしはまちょう》の大店《おおだな》で奉公をしていた商売人であったが、何かしくじったことがあり、深川へ逃《のが》れて『扇屋』で働き出したばかりの男だと聞く。

権兵衛はたいそう口がうまく、人懐っこくて、馴《な》れ馴《な》れしくしてくるのでつい話し込んでしまう。

「先生、上がっていってください」

「よしておこう」

其角は立ち去ろうとした。

「どうしてです」

権兵衛はとっさに其角の前に立ちふさがった。

「散歩に来ただけだ」

「散歩っていったって、先生は茅場町でしょう。ここから離れているじゃありませんか」

「長く散歩したい気分のときもあるだろう」

「いいや、分かっていますよ」

「なにが」

「一人で酒を呑むのは寂しいから深川へでも行ってみようという了見でしょう」

「ふん、そんなんじゃねえよ」

図星《ずぼし》だ。

心を見事に読まれると癪《しゃく》に障《さわ》った。

「あれ、違いますか」

「これっぽっちもかすってない」

右手の親指と人差し指で狭い隙間《すきま》を作った。

権兵衛は、「おかしいな」と首を傾《かし》げた。

「でも、何もしないで帰るっていうのは勿体《もったい》ないじゃありませんか」

「そんなことはない」

「え？　またまた」

権兵衛が茶化《ちゃか》すように言った。

其角は苦笑して、

「思わないって言うんだよ。俺ももう四十《しじゅう》を過ぎた。そんな遊びは若いうちに味わいつくした」

「イヤだな、他の店と一緒にされては。先生はうちがどんなところかご存じでしょう」

「ああ、知っている」

其角は頷《うなず》いた。

まだ数回しか来たことがないが、こういう遊び場では三回も来れば馴染《なじ》みと言えるのだ。

「とにかく、俺は遊びに来たわけじゃねえんだ」

其角は強く言った。

「先生はそんなこと仰《おつしや》いますけど、やっぱり深川の華《はな》は八幡様と女です。ねえ、そうでしょう」

権兵衛は引き下がらなかった。

「うーん、しつこいな」

「しつこいのも先生のためなんですよ」

「どこが俺のためだっていうんだ」

「実は新しくいい妓《こ》が入ったんです」

「そうかい」

其角は興味を引かれたような顔をした。

そんな言葉は他の店で聞き飽きた。大抵それほどいい妓ではないのだ。酷《ひど》いときなんか、いい妓が入ったというから呼んでみると、太った女が出てきた。

「さっきいい妓が入ったって言ったじゃないか」

若い衆に叱ると、

「いい妓はいい妓でも、肉付きのいい妓が入ったんですよ」

と、悪《わる》びれることなく言われた。

そんな失敗《へま》をしたのは、もう何十年も前だが、いまだにいい妓という言葉には躊躇《ためら》いがあった。

「お願いですよ」

権兵衛は畳《たた》みかけるように言った。

「どんな妓だい」

一応きいてみた。

根は女好きだ。

「なかなか器量がよくて、それでいて芸達者の上に、しゃべりの方も一人前。頭がよくて、情が深い。こんな妓、先生の好みでしょう」

其角は権兵衛が過大に言っていると思いつつも、まだ見ぬ女の顔を思い浮かべた。肌の色は白い、目元の涼しい女だろうと勝手に描《えが》いていた。

「どうです？　琴柱《ことじ》っていうんです」

権兵衛が顔を覗き込んできた。

「琴柱ねえ、随分と立派な名前じゃないか」

名前が気にかかった。

名は体を表す。琴柱という御殿女中のような名前を付けるなんていったいどんな女なんだろうと思った。

それでも、あえて興味のない顔を繕《つくろ》い、

「どうせ名前負けするんだろう」

「いいえ、この子は本当に琴柱という名前が似合うんです。どうぞ、顔だけでも見ていってください」

権兵衛の顔は自信に溢《あふ》れていた。

其角は権兵衛から目を背《そむ》けて悩んでいた。

権兵衛は食い入るように、其角の顔を覗き込んだ。

「悩むくらいなら、上がってくださいまし。ここで帰るのは先生らしくないですよ。琴柱さんに会ってごらんなさい。明日にでもすぐ戻ってきますよ。あたしゃ、わかっているんだから」

其角はそこまで言うならと入ろうとした。

その途端、

「これは先生ではございませんか」

と、呼ばれて振り返った。

紀伊国屋文左衛門《きのくにやぶんざえもん》とその供の者たち十人余りであった。紀文《きぶん》と呼ばれて、今を時めく時代の寵児《ちょうじ》であった。

金は天下の回りものというけれど、文左衛門ばかりに集まっているのではないかとばかりにやけに羽振《はぶ》りがよい。紀州《きしゅう》のみかんを運んだり、大火のときに江戸に木材を運んで一儲けしたりと、やたらと語り種《ぐさ》の多い人物である。

文左衛門も其角の弟子である。

其角にはあまりに弟子が多すぎて何番目の弟子かもわからない。しかし、文左衛門が一番金を持っている弟子だということは誰にでもわかった。

「近頃、豪勢じゃねえか」

其角が言った。

文左衛門はにやりとして、

「先生、これからお上がりで」

「こいつがやけにしつこくて」

其角は権兵衛を指して苦笑いした。

権兵衛は紀伊国屋文左衛門を愛想の良い顔で食い入るように見て、

「これは、これは。紀文さま。近頃吉原ばかりで、こちらの方にはお越しになっていないんですって。先だっても、吉原を一晩買ったというじゃありませんか。たまには深川で遊んでくださいましよ。景気付けにうちにお上がりになるのは如何《いかが》でしょう」

と、まくし立てた。

文左衛門は軽く受け流した。

「実はな、琴柱という面白い女がいるっていうんで、会いに来たんだ」

「え？　琴柱さん」

権兵衛の顔が明るくなった。

其角は文左衛門の顔を見た。

「実は琴柱に会ってみてくれって、こいつに言われていたところなんだ」

「へえ。まさか先生が先客だとは」

「いや、客じゃねえ。どう断ろうかと迷っていたところだ。お前が来て断る理由《わけ》ができてよかった」

其角はその場を去る決心がついた。

一歩足を踏み出すと、文左衛門が其角に声を掛けて引き留めた。

「先生、せっかくですからご一緒に上がるのは如何ですか」

「おいおい、お前の遊びの邪魔はできねえよ」

「なにを仰るんです。邪魔なんかじゃありませんよ。先生がいると座敷が賑やかでいいですよ」

文左衛門が誘うような目で言った。

「うーん」

其角は迷った。

「お願いしますよ」

「…………」

「この通り」

文左衛門は頭を下げた。

「仕方がねえ。お前がそこまで言うなら」

其角は上がると決めた。

「おい、権兵衛！　ぱっと快《こころよ》く遊ばせてくれよ」

「それはもちろんでございます」

「これで琴柱が変な女だったらただじゃおかねえからな」

其角は権兵衛に釘を刺した。

「じゃあ、上がるよ」

茶屋に入ると、上がり框《がまち》で女中が出迎えた。以前来た時の小太りの女中とは違って、この女中は小綺麗《こぎれい》であった。

しかし、其角はこの女に見覚えがあった。

「以前来た時にも会ったか」

「いいえ」

「そうか。前にも会ったことある気がするんだがな」

「私が昔吉原にいたとき、先生に一度だけお会いしました」

「吉原か。何年前になるかな」

「もう十五年くらいでございますかね」

「そうか。一度だけでも、昔の女と会うのは嬉しいものだな」

其角は笑いながら言った。

そんな話をしながら、二階に上がり、奥の座敷に着いた。

振り向いても、文左衛門の姿は見えなかった。

きっと、祝儀《しゅうぎ》でも渡しているのであろう。

しかし、それからいくら待っても文左衛門はなかなかやってこない。

「失礼いたします」

ようやく襖《ふすま》が開いたと思ったら権兵衛だった。

「何だ、お前か」

「紀文さまはお帰りになりました」

「何、帰った？」

「なにやら急用を思い出したそうで、もうお勘定はいただいております」

「まったく味な真似しやがって」

其角は舌打ちして言った。

「お料理とお酒はすぐに運ばせますから」

権兵衛はそれだけ伝えて、去っていった。

その言葉通り、すぐに他の者が料理と酒を運んできた。

食べはじめようかと思っていると、女や太鼓《たいこ》持ちが大勢やってきた。

「そんなに金を使わないでもいいのに……」

其角は呟いた。

其角は座敷にいる女を見渡してみた。五人もいるが、飛び切り綺麗な女はいない。

やはり、権兵衛が琴柱を大袈裟《おおげさ》に宣伝したかと思った。

「琴柱っていうのはどいつだ」

「まだお見えになっていません」

太鼓持ちが答えた。

「そうか」

其角はほっとした。いくら権兵衛が過大に琴柱の宣伝をしていたからと言っても、
まったく期待していないわけでもない。

「失礼いたします」

座敷の外から声がかかり、襖が開いた。

白藤色《しらふじいろ》の着物に紅色《べにいろ》の模様のある帯を締めた美しい女が、座礼をして座敷へ入ってきた。

目と口元がつり上がって少々冷たくて気の強そうな雰囲気であった。すべてが整っていて、非の打ちどころがない。それが余計にそう見せていた。

よく言えば完璧な美人であるが、悪く言えば冷たい顔に思えた。

「琴柱でございます。せんせのことは伺っております」

其角の傍《かたわ》らに座った琴柱の顔が柔らかくなり、覗き込むように話しかけた。

「俺のことかい？　誰から聞いたんだ」

其角は口元をほころばせた。

「方々でお聞きしますよ。せんせは江戸中の人気者だから」

琴柱は酌をしながら柔らかく言った。顔に似合わず優しい口調にぐっときた。

「あたし、せんせの句も好きなんです」

「ほお、珍しい。でも、本当かい。俺を喜ばそうって、そんな出鱈目《でたらめ》なこと言っているんじゃねえだろうな」

「せんせ、ほんとですよ」

琴柱は改まって其角に体を向けた。

「いつか先生にお会いしたらお聞きしようと思っていたことがあって」

「なんだ」

「夕立や田をみめぐりの神ならば、という句がございますでしょう」

「よく知っているな」

「ええ。せんせの句が好きなんですもの」

「どうやら本当のようだな」

其角は嬉しそうに頷いた。

「で、その句がどうした」

「あの句の逸話は本当ですか」

琴柱が目を丸くした。

「本当だ。確か元禄六年だから、いまから七年前だ。弟子と一緒に吉原へ行く途中に向島《むこうじま》へ寄った。その年は雨が少なく干ばつの年だったな。それで向島の農民たちが困り果てていて、いったいどうしたらよいものかと神社で話し合いをしているところ、俺がそこを通りかかったんだ。そうしたら、その農民たちが俺を祈禱師《きとうし》だか坊さんだか何かと間違えて、雨乞いを頼んできたんだ」

琴柱は嬉しそうに微笑《ほほえ》みながら聞いていた。

笑っていても目尻に皺《しわ》が寄らないところをみると、普段はあまり笑わないのだろう。そんな人に笑ってもらうと、其角は嬉しくなった。

「せんせはそれで、祈禱師になりきったんですの」

「いいや、そんなことはしねえよ。はっきり、俺にはそんなことできねえって言ってやったんだ。だけど、相手はとにかく雨乞いをしてくれって頼み込んできた。俺は頼みごとっていうのに弱いから引き受けてしまうんだ」

「それはせんせが優しいということですよ」

其角は酒を注《つ》がれ、気分良く呑んだ。

「そこで、夕立や田をみめぐりの神ならば、と手向《たむ》けの句を詠《よ》んだんだ」

「すると、翌日に雨が降ってきたんですね」

「まあ、偶然ってことだな」

「そんなことありませんよ。せんせの言葉には魂《たましい》があって、それが天に通じたんですよ」

「そうかい」

其角の鼻の下は伸びていた。ちょうど、酒で酔いも回りはじめていた。琴柱の体もいくらか其角の方へ傾いているようにも見えた。

「じゃあ、ちょっと踊りでも披露いたしましょうか」

琴柱が立ち上がり、よろけた。

「大丈夫か」

琴柱は酔っていて、着物の裾が捲《まく》れて、白い足首が見えた。

「綺麗だな」

と、足首を見て呟いた。

「なんて仰いました？」

琴柱がいたずらっぽく笑った。

「いや」

其角は慌《あわ》てた。

「教えてくださいよ」

「何でもない」

「じゃあ、姐《ねえ》さんお願いします」

曲が始まると琴柱の顔つきが急に変わり、体もしゃきっとなった。

しなやかに踊りはじめた。

其角は息を呑んだ。

姿そのものの美しさもあったが、動きの一つひとつに色気があった。

「うまい！」

曲が終わった時に思わず声をかけた。

多くの芸を見てきて目が肥《こ》えている其角であるが、琴柱の踊りはその中でもずば抜けている。

琴柱は再び其角の横に座った。

「さあ、呑め」

其角は酒を勧めた。

琴柱は喜んでくいと呑んだ。

「いい呑みっぷりだ」

其角は呑み姿にも声をかけた。

自分も負けてられないと酒を呑み、次いで琴柱も呑んだ。

次第に空いた徳利は多くなった。

太鼓持ちの芸で笑い、座敷が盛り上がった。

二

突然、階下で男の野太い大声がして、其角は杯を止めた。

「琴柱を出さねえか」

「困ります」

「つべこず言わず、愛之助《あいのすけ》さまのとこへ連れてこい」

かなり乱暴な口調だ。

「それはできないのでございます」

「できないはずはあるめえ」

「いくらお相手が愛之助さまでございましても、これだけはできないのでございます。また、後日来ていただくとして、本日はお帰りになってください」

ドンと音がした。

鞘《さや》に納めてある刀を板の間に思い切り叩きつける音であった。

その音が賑やかな座敷にも響いた。

其角は舌打ちをして、

「迷惑な奴だな」

「………」

「お前の名前を出していたけど、馴染《なじ》みか」

「いえ……」

琴柱は言葉を濁《にご》した。

「何も隠さなくたっていいんだ」

「ええ……」

曖昧《あいまい》な返事だ。

「誰なんだ」

其角は強い口調できいた。

「松平《まつだいら》愛之助さまです」

琴柱がぽつりと言った。

「松平愛之助っていうと？」

松平姓は多い。

しかし、大名《だいみょう》の松平もいれば、御家人《ごけにん》の松平もいる。

「五千石の旗本《はたもと》の松平駿河守信望《するがのかみのぶもち》さまの弟君です」

琴柱が答えた。

其角は知らぬといった具合に首を傾げた。

「旗本奴ですよ」

琴柱はうんざりしながら言った。

旗本奴というのは、旗本や旗本の子息でありながら傾奇者《かぶきもの》、やくざ風情の者であり、町人から派生した町奴と対峙《たいじ》する集団である。旗本奴といえば、幡随院長兵衛《ばんずいいんちょうべえ》を騙《だま》して殺した水野十郎左衛門《みずのじゅうろうざえもん》の大小神祇組《だいしょうじんぎぐみ》や六法組《むほうぐみ》などが有名であるが、彼らはこの時代よりも数十年前に全員捕らえられて処罰されていた。旗本奴が横行してから、幕府は様々な禁令を出して懲《こ》らしめようとした。しかし、世界第一の大都市である江戸のひずみはいくら幕府でも完全に押さえ込むことができなかった。世間では、旗本奴などはいないものとばかり思われていたが、その最後の生き残りが、愛之助なのであろう。

「愛之助さまの母上のご実家というのが、高家《こうけ》旗本の織田信門《おだのぶかど》さまで、あの織田信長《のぶなが》公の血筋を引いているひとでございます。あのひとは白い柄《つか》に白い袴《はかま》、そして白い馬に乗っているんですよ。だから、端から見ても一目《ひとめ》でわかるし、この辺りで悪さしかしないので恐れられているんですよ」

「そんな悪いことばかりしていちゃ、お上が黙っていねえだろう」

「母上のお力で、何のお咎《とが》めもなしなんです。何でも、織田信門さまはあの柳沢《やなぎさわ》さまと親しいそうでして、そのお口添えですべての悪行がなかったことにしてしまえるんだそうですよ。放埒《ほうらつ》な倅《せがれ》に手を焼いているそうですけれども、やはり子が可愛《かわい》いんでございましょう。何かと庇《かば》っているんです」

「ひでえ話だ。いったい、愛之助はどんなことをするんだ」

「あちこちで乱暴を働いています」

琴柱は、「しばらく顔を見せなかったのに……」と不安そうに言った。

其角は酒を呑み干して、

「よし」

と、立ち上がった。

「其角せんせ、どちらへ」

「愛之助に話をつけてくる」

「お止めください、怪我をしますよ」

「喧嘩は得意だ」

「お相手はお侍ですよ。刀を抜くかもしれませんよ」

「心配するな」

「でも、万が一愛之助さまに怪我でもさせたら、其角せんせが牢《ろう》へ入れられてしまうかもしれません。幕府の方ばかりは、抗《あらが》って怪我でもしましたら、お相手がお相手だけに私たちの泣き寝入りに決まっています。どうか、せんせ。身の上を案じて行かないでください」

「なに、旗本が恐くて世の中生きられるかい」

其角は言うことを聞かないで、座敷を飛び出した。

「せんせ」

琴柱が呼んでも、振り向きもしなかった。

琴柱は後に付いた。座敷にいる他の女たちも一緒に来ていた。

其角は小走りで階段を下りた。

店先には二人の侍がいた。

手前にいる侍はきつね目の大柄な三十歳くらいの男だ。少し離れたところにいる侍は、まだ二十代半《なか》ばくらいで、背が高く、色白で、鼻筋が通り、すっきりとした一重瞼《ひとえまぶた》の歌舞伎《かぶき》役者のような面立《おもだ》ちだった。

「おい、早く琴柱を出さねえか。愛之助さまを待たせる気か」

騒ぎ立てているのは、きつね目の侍だった。まるで、愛之助の子分のようであった。

愛之助はその侍の横で清々《すがすが》しい顔をして黙って立っている。

物腰が柔らかく、優しい顔をしている小太りの店の主人百兵衛《ひやくべえ》が頭を下げた。

しかし、百兵衛が丸く収めようとしているのに、きつね目の侍は鞘でドンドンと床や壁を叩きつけて脅していた。

其角がツカツカと男たちの前に立った。

「先生、いけません」

百兵衛が慌てて腕を引っ張った。

「ここは私にお任せを」

「いや、俺が話をする」

其角は愛之助の前に勇み出た。

「お侍さま」

鋭い声で言った。

愛之助は其角を突き刺すような目で睨《にら》んだ。

「お前はなんだ」

きつね目の侍が入ってきた。

「いま琴柱と一緒にいる客でございます。あまりにも騒がしいので、忠告しにまいりました」

あくまでも丁寧《ていねい》な言葉遣いだが、口調に憤りを込めた。

「貴様」

いきなりきつね目の侍が刀を抜いた。

其角ははっとした。まさかこんなところで刀を抜くとは思ってもいなかった。

その時、階段から見ていた琴柱が二人の前に現れた。

座敷にいるときとは打って変わって、男勝《おとこまさ》りの顔つきになっていた。

「帰ってくださいな」

琴柱が愛之助に冷たく言い放った。

「なにを」

きつね目の侍が言った。

「もう来ないでおくれ！」

琴柱が鋭い声をあげた。

その時、引き締まった顔の侍が下りてきた。後ろに女がいる。

「何事ですか」

侍が言った。

「なんだお前は」

きつね目の侍は刀を突き出した。

「山吉《やまよし》さま、お戻りください」

女が引き戻そうと声を掛けた。

「山吉？　もしかして、吉良《きら》殿の家来か」

「そうです」

吉良家の剣客として有名な山吉新八郎《しんぱちろう》である。

「………」

愛之助が黙って、出口に向かった。

「ちっ」

と、舌打ちをすると、きつね目の侍はぐるっと振り返り、大股で周囲を威嚇するように帰って行った。

深川は吉原と違って、茶屋の行灯《あんどん》がぼんやり灯《とも》っているだけで華やかさは見られない。どの家も黒ずんでいて、行灯を取ってしまえば、どこにでもある町屋となんら変わりのない建物である。しかし、『扇屋』の座敷へ入ってみると、行灯の灯りが妖しく照らしている。

琴柱が愛之助を追い払ってからというもの、其角は三日に一度は深川へ遊びに来ていた。

「粋な女だ」

其角はつくづく感嘆していた。

「芸もいいが、愛之助を叱りつける声に聞き惚れてしまった」

其角は目を細めて言った。

「この間のように啖呵《たんか》を切っておくれよ」

其角は冗談めかして頼んだ。

「何ですの、せんせ。恥ずかしい」

「恥ずかしがることはねえよ。いい声なんだから」

「せんせはもっとおしとやかなお方がいいんじゃありませんの」

琴柱はいたずらっぽく言った。

「何を言うか。おしとやかなのはつまらん」

其角は改めて琴柱を見た。

これが本当のいい女だなと実感した。年は若いはずなのに、それを感じさせない何かがあったし、色気とは違う女性の魅力があった。

それだけに琴柱の贔屓《ひいき》は多いだろうと思った。大店の旦那衆や、吉原遊びに飽きた通人や、其角のような文化人まで、悠々自適に過ごしている贔屓筋があるという。

いずれも琴柱の芸を心から愛する人々であろう。芸は一流、器量も一流、そして話芸も一流と三拍子そろっているところに、他の女たちも競い合うということをしないで、ただ一目《いちもく》置く存在であった。

「忌々《いまいま》しいが、あいつの言っていた通りになった」

「え？　どなたですの」

「若い衆だよ。あいつにな、琴柱さんに会えば惚れてまたすぐ来るようになりますよって言われたんだ」

「せんせは信じていなかったのでしょう」

「その通りだ。これでも、俺も女遊びはしてきたよ。だからこそ、遊びの本分を心得て、素人《しろうと》のようにすぐに惚れてつきまとうなんて不粋《ぶすい》なまねはしねえよ。惚れっぽくても、凝《こ》り性《しよう》ではいけねえ。そんなことは分かっているんだ。でもな、今度ばかりはそうはいかねえみたいだ」

「つまり、あたしに惚れたんですね」

「おお、年甲斐《としがい》もなくベタぼれよ」

「わあ、嬉しい」

琴柱は其角のふっくらとした二の腕を思いっきりつねった。

「この痣《あざ》が消えないうちに来てくださいよ」

「はは、年寄りだ。痣が消えにくい体よ」

「年寄りだなんて。せんせはまだ三十五くらいでしょう」

「今年四十だ」

「お若く見えます」

「こんな禿《は》げていてか」

其角は笑いながら、自分の禿頭《とくとう》を軽く手でさすった。

「禿げているお方って好きですよ」

「なに言ってんだか」

「どっちが頭でお尻か分からなくて可愛い」

琴柱が軽く微笑《ほほえ》んだ。

「気の利いたことを言いやがる」

と、余計に惚れる。

人柄に惚れて通っているのかと思えば、踊る琴柱の足捌《さば》きと手振りの美しさに惚れて、この芸みたさに通っている気もしてくる。

「どこで踊りを覚えた」

と、きくと、

「私の母からです。実は父はからくり師で、一座を持っていました。その一座で母は浄瑠璃《じょうるり》語りでありながら、踊りもやっていました」

「なるほど。やはりな。どこか違うと思ったんだよ。なにが良いっていって、まず足捌きだ。艶《つや》っぽいんだな」

「足下さえしっかりしていれば、後はついてきますから。そこをお分かりいただいたのは、せんせだけですよ」

それ以来、さも嬉しそうに其角の前で踊るようになった。

自分の芸を理解してくれるのは其角だけと思っているものだから、其角の前だというと気合いを入れている。

其角もその度に、「今日はここがよかったけど、ここがいまいちだった」と言うと、「それでは、次にお見せするときには」と言って稽古《けいこ》に励《はげ》み、其角が納得するまで踊りを変え続けていた。

十二月に入ったある晩の座敷で、琴柱は踊りが終わって一礼をするとがっくりと体を崩した。

「せんせ、しんどいです」

「どうした？」

「昨日、嫌な客が久しぶりに来たんですよ」

「嫌な客」

「因業爺《いんごうじじい》がいらっしゃったんですよ。本当にしんどかったんです。無理矢理お酒を呑まされ、その上何をされるかわかりません」

琴柱は泣き出しそうであった。

「何かされたのか」

其角は苛立《いらだ》って言った。

「いいえ、旦那さまに琴柱の世話をさせてくれと言いにきたのです」

「世話だと」

「それで、旦那はなんと言ったんだい」

「もちろん、断りましたよ」

「当然だ」

「でも、また来ると言っておりました」

「今日来るのかい」

「わかりません。だけど、毎日見張られているようで心が落ち着く暇がありません」

琴柱は其角の顔を縋《すが》るようにじっと見つめた。

其角は琴柱に惚れているが、なにも惚れられているとは思っておらず、また琴柱を世話するだけの金を持っているわけではなかった。ここに遊びにくるお足はすべて紀伊国屋文左衛門が払ってくれている。

遊びの金はいつでも払ってくれると気前の良いことを言われていたが、女の世話をするとなると、さすがに自分の金でないと男としての了見が違うと思った。

琴柱は人気者なので、世話をしたいというひとや、嫁に欲しいと言ってくるひとも多くいるのだ。

「誰かお前を座敷に出なくてもいいようにしてくれるひとはいないのか」

「お話はたくさんありますよ。でも、私は気持ちがいっぱしの女にできていないのです。芸をやるより他になにもないのです」

琴柱は苦笑いした。

「お前だって、男に惚れたことがあるだろう」

「ええ」

小さな声だった。

「それなら、女の気持ちを持っているじゃねえか」

「そういう気持ちにさせてくれるのは、今はせんせだけです」

琴柱は顔色を変えずに答えた。

其角は黙っていた。

「せんせ」

琴柱が艶めいて体をすりよせてくる。其角は黙って抱きしめた。

「せんせ、今日の私はおかしいです。お店が終わったあと、わたしの離れの部屋に来てくれませんか」

琴柱はこの店の離れに部屋を与えられている。

「本気で言っているのか」

「ええ、どうにかなってしまいそうで」

「後悔するんじゃねえぞ」

琴柱は何かを忘れようとしているのだろうと思った。


十二月十日、今日も深川を目指して、永代橋に差し掛かった。

かなたに冠雪した富士が見え、行き交う者たちが立ち止まって見とれていた。

其角も富士に目をやろうとしていると、前方から竹笹を持った男がやってくるのに気が付いた。

十二月十三日は煤払《すすはら》いである。

江戸城大奥の煤払いが十三日に行われるようになってから、町中でもこの日に煤払いが行われるようになった。

例年、十日ごろから、煤竹売りが町を練り歩いている。其角も「煤ごもりつもれば人の陳皮かな」などと煤払いの句をいくつか作っている。

その煤竹売りが今向こうから歩いてきても珍しい光景ではないが、其角は立ち止まった。

煤竹売りは三十過ぎと思える額《ひたい》が広く飛び出していて、まんまるい目が奥に引っ込んだ、鼻の低い男だ。妙に特徴のあるこの男とどこかで会ったことがある。

「そういえば、芭蕉先生の葬儀の時に……」

其角はその時のことを思い出した。

芭蕉は、日本全国に弟子がいて、大坂のみならず、西の方の弟子はこぞって駆けつけた。

その中のひとりで、芭蕉に破門された水仙《すいせん》という弟子がいた。この水仙というのは、神童といわれ、芭蕉もその才能を買って育てていたのだが酒が入ると人が変わり、手が付けられない程暴れる。何度か禁酒を試みたが、その都度、失敗をしている。町中で誰かと問題を起こしては芭蕉の頭を悩ませていた。

いったん、人間が廃《すた》ると才能も廃れはじめてきて、ついには良い俳句を一つも作れないどころか、俳句自体を作れない頭になってしまった。

そうなると、余計に酒に逃げる。酒を呑むのには金がかかるから、その金を工面するのに悪いこともやっていたらしい。やがて、やくざ風情の者との関わりが、俳壇との関わりよりも多くなり、悪い噂が立つばかりで、芭蕉はこの水仙という弟子を破門した。

水仙は芭蕉の元を離れるときに涙を流していたというが、その涙もその場限りですぐに悪いことに手を出して、町の札付きとなっていった。

芭蕉が死んだということは水仙の耳にも届いたらしかった。お世話になったことも多々あるだろうから、葬式には出席しようという心構えだったが、其角をはじめとする葬式を営む人々が水仙を門前払いにした。

水仙は何も言わず、眉間《みけん》に皺を寄せながら黙ってとぼとぼと帰って行った。

しかし、葬式が終わって皆で呑んでいる頃にまたやって来て、格子戸をがたがたさせていた。

「おい、其角」

水仙は呂律が回っていなかった。

「なぜ門前払いにした」

外で怒鳴っている。

「お前は破門されたんだ」

其角は土間で言い返した。

「だからって、来ちゃいけねえってことはないだろう」

「皆に迷惑がかかるから入れることはできねえ」

「迷惑？　どこが迷惑なんだァ」

「ほら、そうやって酔っぱらって暴れるだろう」

「この戸を開けろ」

無理矢理あけようとする音がした。

其角はその場に居合わせたひとたちに頼んで、戸を開けられないように押さえてもらった。

「開けねえつもりだな。それなら、こっちにも考えがある。おい、みんな、この扉をぶち壊してくれ」

という声が聞こえると、鍬《くわ》などの道具を持ち出して戸を破った。

そうなると、葬式どころではなくなった。

水仙を筆頭に数人のこん棒を提げた若い男たちが入ってきた。

皆、堅気《かたぎ》の町人とは思えない風貌であった。

その中で一番威勢のいい男がこのような顔立ちだった。

煤竹売りが行き過ぎようとしたのを其角は呼び止めた。

「へい」

男は立ち止まったが、振り向こうとしない。

「おまえさん、ひょっとして水仙と一緒だったひとじゃないか」

「へえ、どうも。竹山《ちくざん》でございます」

竹山はあの時とは打って変わって、穏やかな顔を見せていた。

「やはりそうか」

其角はまた葬式の時を思い出し、

「あれ以来だから六年にもなるな」

「その節は……」

男はばつが悪そうに頭を下げた。

「水仙とは今もつきあいはあるのか」

「へえ」

「そうか。奴はどうしている」

「……」

「なぜ黙っているんだ」

「それが……」

男は言いよどんだ。

「はっきり言え」

「体を壊していて」

「何、病気か」

「酒でやられたんです」

「そうか。住まいはどこだ」

「いえ」

竹山は首を横に振った。

「其角先生には会いたくないはずですから」

「まだ俺のことを恨んでいるのか」

「先生の名声が上がれば上がるほど、水仙さんは苦しんでいましたよ。失礼します」

「あっ、待て」

呼び声を振り払うように、竹山は足早に去って行った。

煤竹売りの男を見送りながら、其角は茫然と立っていた。

半刻後《はんとき》、其角は『扇屋』にいた。

あれから何度もやって来ているが、あの晩のことは口にすることもなく、もう一度あの快楽を味わおうとも考えなかった。

いつものように琴柱が踊りを終えて一礼をすると、

「せんせ」

琴柱がしんどそうに畳に手をついた。

「どうした？」

「いえ、ちょっと」

手で口を押さえ、琴柱は顔を上げて大きく息をした。青白い顔だ。

「琴柱、まさか」

其角は唖然とした。

琴柱ははっとしたように息を呑んで顔を背《そむ》けた。

「まさか、お腹に……」

琴柱は其角の視線から逃れるように背中を向けて、

「……」

「誰の子だ？」

「せんせの……」

「冗談抜かすな。日にちが合わねえ」

「せんせ」

琴柱が厳しい顔を向けた。

「なんだ、そんなこわい顔をして」

「堕ろす薬は手に入りませんか」

「堕胎《だたい》するつもりか」

「はい」

琴柱の目尻が濡《ぬ》れている。

「本当は産みたいんだろう」

「……」

「好きな男との間にできた子なら産めばいいじゃねえか」

「店をやめることはできないんです」

琴柱は寂しそうに言った。

「なぜやめられないんだ」

「お金を稼がなければ暮らしていけないじゃありませんか。子どもは商売の邪魔になるだけです」

「でも、好きな男の子なんだろう」

「……………」

琴柱は俯いて黙り込んだ。

やはり、琴柱には惚れた男がいたのだ。別れたわけは知らないが、その男を忘れようとして其角に身を任せたのだということに、薄々気がついていた。

「どうだえ、生まれた子は俺の子にしよう」

「えっ？」

「俺の子だったら、俺が面倒を見りゃいいだけの話だ。子どもを産んで、産後の肥立ちがよくなるまで、お前の暮らしは俺が……」

「でも」

琴柱は口を挟《はさ》んだ。

「せんせのお気持ちはありがたいのですが、それはできません」

「なぜだ」

「……………」

「お前が休んでいる間の稼ぎの分は俺が何とかする」

言い切ったが、脳裏《のうり》に文左衛門の顔が掠《かす》めた。其角の頼みであれば請け合ってくれるだろう。

「旦那や女将《おかみ》には俺から話そう」

「私だけなら」

琴柱は言いさした。

「私だけならなんだ?」

「いえ」

「お前のふた親のことか。その暮らしにしても俺が……」

「せんせ、いけません」

琴柱は突っ伏して嗚咽《おえつ》をもらした。

「まだ、猶予はある。また落ち着いたら話し合おう」

其角は琴柱の背中をさすりながら言った。

三

十二月十四日、本所《ほんじょ》にある旗本土屋主税《つちやちから》の屋敷で句会が開かれ、芭蕉門下の服部《はっとり》嵐雪《らんせつ》、杉山杉風《すぎやまさんぷう》らと列席した。

終わったのが夜の五つ（午後八時）だ。ほろ酔いで玄関をでると、酒で火照《ほて》った顔に冷たいものが触れた。空から白いものが舞ってきた。

「雪か」

其角は呟いた。

「句会の最中に降ってくれたら、また句も違ったものになったろうに」

嵐雪がため息混じりに夜空を見上げた。

「雨具を？」

「いや、すぐ止むでしょう」

見送りに出てきた土屋家の用人が言う。

そのとき、外の方から奇声が聞こえた。

其角がそのほうに顔を向けた。

「松平さまのところです」

土屋家の用人が眉をひそめた。

「松平？」

「ええ。そこの厄介者《やっかいもの》です」

小声で言った。

「松平さまというと、松平駿河守信望さまですか」

「そうです」

「あの人は部屋住みの愛之助殿ですか」

「そうです。仲間と一緒に帰ってきたのでしょう」

其角は琴柱の言葉を思い出した。

隣が愛之助の実家の屋敷かと、其角は妙な偶然に戸惑いながら門を出た。

くぐり抜けて、外に出たとき、回向院《えこういん》のほうからやってきた侍たちと鉢合わせになった。愛之助はいかがわしい女を連れていた。

「妙なところで出会ったな。はげ猿め」

きつね目の侍が言った。

愛之助はその後ろから冷たい目で睨んでいた。

「これは腰巾着殿か」

其角も負けずに言い返す。

「何だと、この野郎」

きつね目の侍が刀の柄に手をかけた。

「よせ」

愛之助が止めた。

「屋敷の前だ」

「命冥加《いのちみようが》な奴だ。だが、今度会ったら容赦《ようしや》せぬ」

きつね目の侍は吐き捨てた。

「もう、琴柱には構わないでいただけませんか」

其角は愛之助に言った。

「明日、話をつけに『扇屋』へ行く」

愛之助はそう言い、自分の屋敷に向かった。

追いかけようとした其角の腕を、嵐雪が摑んだ。

「いけない。相手が悪い」

其角の動きに気づいたのか、愛之助のそばにいたずんぐりむっくりした浪人が振り向いた。ぞっとするような冷たい目だった。

其角は憤然として愛之助たちが屋敷に入って行くのを見送った。

翌日も蔵前《くらまえ》の札差《ふださし》『森田屋《もりたや》』の屋敷で句会があり、やっと夕方になって引き上げた。『森田屋』は其角の支援者のひとりなので無下《むげ》にできなかった。

蔵前から駕籠《かご》で深川へ急いだ。

昨日、愛之助が『扇屋』へ行くと言っていた。それが気がかりだ。何も起こらなければいいのだが、と心の中で思っていた。

妙な心持ちで駕籠に乗っていた。

『扇屋』の前には人だかりができていた。

其角を乗せた駕籠が店の前に止まるのに刻がかかった。

「先生だ、先生が来なすった」

若い衆の権兵衛が店から飛び出して駆け寄ってきた。

店の中で慌《あわ》ただしく動いているのが外から見ても分かった。

琴柱を勧めた調子とはまるきり顔つきも、声の高さも違って神妙な面持ちである。

「何かあったのか」

其角の声はうわずっていた。

「旦那が斬られました」

「なに、旦那が」

「きつね目の侍に斬られましてございます」

「命は？」

「別状ございません。お医者さんが手当をしております」

権兵衛もふるえる声で早口に言った。

「なぜ斬ってきたんだ」

其角は心の底から悲しみとも怒りともつかない感情がふつふつとこみ上げてくる。

「旦那さまが帰ってくれるように説得したのですが、なかなか聞き入られてもらえませんでした。仕方なく金をいくらか包んで引き取ってもらいたいと言いました。しかし、きつね目の侍は気分を害したと見えて、『金が欲しくて来ているんじゃねえ』と言って、刀を抜くと旦那さまの首もとへ刃を当てました。それでも、旦那さまはびくともしませんでしたが、きつね目の侍がさらにお怒りになって……」

「奴らはそのまま帰ったのか」

「いいえ。二階へ上がっていきました」

「琴柱はどこにいる」

「二階におります」

「なんだと、なぜそれを早く言わない」

其角に不安がよぎった。

「お前は自身番に知らせてくれ」

其角は慌てて店の中へ入った。

階段の上で力士のような体格の良い店の男二人が、愛之助ときつね目の侍を押しとどめていた。

「どけ。どかぬと斬るぞ」

きつね目の侍が大声で怒鳴り、刀を振り上げた。

「待て」

其角は階段の下から叫んだ。

愛之助ときつね目の侍は振り向いた。

「また、こいつか」

きつね目の侍は言うと、階段を飛び下りて、其角に切っ先を突きつけた。

其角は後退《あとずさ》った。

そのとき、激しい音とともに男たちが階段を転げ落ちてきた。愛之助が投げ飛ばしたようだ。

二階から女の悲鳴が上がった。

きつね目の侍はその方に目を向けた。

其角はその隙《すき》を窺い、きつね目の侍を押しのけて階段を駆け上がった。

「あっ、待て」

後ろから声が追ってきた。

二階の座敷に駆け込むと、愛之助が琴柱に迫っていた。

「琴柱、話がある」

「話すことなんてありません」

琴柱が強く拒んだ
「いいから聞け」

「もうここに来ないでください！」

琴柱は泣き叫んだ。

「愛之助さま、いい加減お諦《あきら》めください」

其角が迫った。

「お主《ぬし》は引っ込んでいろ」

愛之助は琴柱に向いたまま言った。

階段を駆け上がる大きな足音が聞こえた。

「はげ猿！」

きつね目の侍が駆け上がってきて、刀を振りかざした。それよりも素早く、其角はきつね目の侍めがけて前屈みになって突進した。其角は相手の胴を抱えたまま押し倒した。

きつね目の侍は腰を打って、仰向けに倒れた。

其角も足を打ちつけた。痛みを感じながらも、立ち上がって背後から愛之助に飛びかかろうとした。

愛之助はそれに気付き、くるりと振り向くと、

「しつこい野郎だ」

刀の柄で其角を突いた。みぞおちに入って、其角は「うっ」と鈍《にぶ》い声をあげて、左手でその箇所を押さえた。

「エーイッ」

後ろからきつね目の侍の叫び声が聞こえた。

其角が振り向くと、振りかぶった刀が見えた。

「せんせ」

琴柱が其角に駆け寄ってきた。

鈍い音がした。

琴柱は刃を背中に受けていた。

「琴柱！」

其角が叫んだ。

琴柱はうめきながら、体を其角の方へ倒した。

其角は琴柱を抱きかかえた。着物に血が滲《にじ》んでいた。

「琴柱！」

其角の叫び声が轟《とどろ》いた。

四

翌夕方、枯れ柳に冷たい雨が降り注《そそ》ぎ、垂れた枝から雨滴が滴《したた》り落ちていた。

『扇屋』の裏庭にある離れの部屋に琴柱は住んでいた。

『扇屋』の主人百兵衛が琴柱を気に入り、離れに住まわせ、自分のところで抱え込んだのだ。

その琴柱の部屋に其角ひとりがいた。昨夜から一睡もしていない。

逆さ屏風《びょうぶ》の前に置かれた座棺の中で琴柱は眠っている。その手前にある経机《きょうづくえ》の上で線香が煙を上げていた。

其角は気が抜けたように、ぼんやり座っていた。

(なぜ、俺なんかを庇おうとしたんだ)

其角は自分を責める。

(俺が殺してしまったようなものだ)

其角は師匠の芭蕉が死んだとき以上の悲しみに涙も涸れていた。

背後でことりと物音がした。

誰かがやってきた。

「先生、いらっしゃっていたんですか」

「権兵衛か」

其角は振り向いて言った。

「お線香を上げに」

其角は体をずらして場所をあけた。

権兵衛は畏《かしこ》まって線香を上げて、手を合わせた。

「琴柱さんが、なぜこんなことに……」

権兵衛が涙ぐんだ。

「奉行所のほうはどうだ?」

其角がきいた。

昨夜、同心と岡っ引きが駆けつけたときには、すでに愛之助ときつね目の侍は逃げた後だった。

「まだ何も言ってきてませんが、相手は旗本です。無礼討ちだったということで済まされてしまいそうですよ」

権兵衛は怒ったように吐き捨てた。

「俺がもっと奴らに気をつけていたら……」

またも其角は自分を責めて、

「琴柱も愛之助なんかに目をつけられて……」

と、呟いた。

「はじめは琴柱さんと愛之助とはうまくいっていたんですがねえ」

権兵衛が思い返すように言った。

其角が目をぎょっとさせた。

「い、いま何と言った」

「えっ？　ああ、琴柱さんと愛之助のことですか」

其角は頷いた。

「先生は琴柱さんが愛之助を追い返したときにいらしたので、少々勘違いをされているかもしれませんが、もともとあの二人は良い仲だったんです」

「良い仲だった？」

其角は驚いた。そんなこと一言も聞いていなかった。

「はい。これは琴柱さんに口止めをされていたのですが、もう当人が亡くなられたので申し上げます。愛之助が初めてお座敷に来たときに、琴柱さんは愛之助に一目惚れしたんじゃないかって、あっしは思っているんです。見た目はいいですからね。しばらく琴柱は愛之助が来る日は嬉しそうにしておりましたよ」

「どのくらいの頻度で来ていたんだ」

「三日に一回くらいでしょうか。多いときには五日続けて来たこともありましたねえ」

「それだけど、急に二人の仲が悪くなったというのか」

「仲が悪くなったというよりかは、琴柱さんが愛想をつかしたんです」

「どうして、愛想をつかしたんだ」

「あの人は愚痴が多く、いつも次男で家を継げないからと兄上の信望さまを恨んでいるようでした。そんなことで嫌気が差したのでしょう」

愛之助が世を拗《す》ねているのは、家督を継げないからなのだろうか。

「部屋住みにしては随分遊んでいるようだな。愛之助の金はどこから出ているのだろうか？」

「さあ、そこが私も詳しくは分からないのです」

権兵衛は首を傾げた。

「お前の周りで愛之助に何かされた人はいるか」

「おります。近所の質屋です。ある日、愛之助と取り巻きが風呂敷を提げてきて、これと引き換えに百両を出せと主人を脅したそうです。主人は初め中身を見てからでないと値段は付けられないので、まず見せていただきたいと言うと、愛之助が風呂敷を放り、それを拾い上げて解いてみると、中からは血の滴る女の生首が出てきたそうです。亭主は恐ろしくなり、つい百両を渡したという話は聞きました」

「まさか」

「でも、その首は作り物だったそうです」

「ひどい奴だな」

其角は顔をしかめた。

「他には？」

「分かりません。ただ、ここ一年ばかり前から月に一度の割合いで場所を選ばず、辻斬りが出没しているそうでございます」

「辻斬り?」

「もしかしたら、愛之助が関わっているのではないかと思っているのですが……」

権兵衛は言った。

「他には何かあるか」

「特にございませんね。あまり、愛之助のことに関わらない方がいいかもしれませんよ。先生もご承知でしょうけど、何かあったら無礼討ちということでお命を取られてしまいます」

権兵衛が心配した。

「分かっている」

とは言ったが、琴柱が絡んでいるので、易々と引き下がることができなかった。

「失礼します」

権兵衛は去って行った。

百兵衛が入れ替わるようにやって来た。

お腹の子どものことは百兵衛も知らないらしい。いっさいその話は出なかった。

「客とのことはあまり深くきいたことがありませんでした。私がもっと客との間に抱えていることなどを聞いていれば……」

百兵衛は悔しそうに言った。

こんな主人だから、まして其角と琴柱の間に色っぽい間柄があったなんて想像していないことだろう。

琴柱を偲《しの》んで、二人は湿っぽくなっていた。

「先生は義理堅いですねえ」

百兵衛は言った。

「通っていた女のこととなれば当たり前だ」

「でも、店の者なんかのためにわざわざ供養をしてくれるなんて」

「客としての礼儀だ」

「ありがとうございます。きっと、琴柱も喜んでいると思います」

百兵衛は泣きそうになって礼を言った。

「他のお客さまは誰も供養に来やしません」

「人情紙の如しっていうが、人情なんか紙よりも薄っぺらいものかもしれねえな」

其角はしみじみ感じた。

「先生、お願いがあるのですが、よろしゅうございますか」

「なんだい」

「琴柱の戒名《かいみょう》を考えてください」

「おいおい、よしてくれよ。俺は坊さんじゃねえぞ」

「お願いいたします」

旦那が頭を下げた。

「こういうことはしたことはないんだがな」

其角は顔をしかめた。

「今まで色々な頼みごとをされたが、戒名は初めてだから付け方が分からん」

「何でもいいのでございます」

「後で文句言うなよ」

其角は今まで見た戒名を思い出しながら、『茲踊院芸心琴憲大姉』と名付けた。

其角の本名竹下侃憲《たけしたただのり》から名前の一字を取った。

其角は竹下姓だが、榎本という母の旧姓を使ったり、または宝井《たからい》と名乗っていた。本人には使い分けているつもりはなく、どれを使ってもよかった。

百兵衛はこの戒名を気に入ったらしく、

「琴柱らしいものをつけて下さり、ありがとうございます」

と、礼を言った。

「俺が勝手につけた戒名で成仏できるか分からないが」

其角はそう言うと、足を組みなおした。

きつね目の侍と揉めたときの青痣があり、長く座っていると足首が痛んだ。

「これは気がつかずに申しわけございません。すぐに腰掛けを」

百兵衛が立ち上がった。

「いや、いい。足が痺《しび》れただけだ。すぐに治るだろう。俺も年だからな」

其角は苦笑いして誤魔化そうとした。

「先生にお怪我をさせてしまって申しわけございません」

百兵衛が頭を下げた。

「なに、お前が謝ることはねえ」

其角は琴柱を守ってやれなかったから、むしろ頭を下げたいくらいだった。怪我をしているのはお互い様で、どちらが謝ることでもない。悪いのは愛之助だ。

「あの後、奉行所の方は何も言ってこないそうだな」

「一度、同心の旦那が来られましたが、無礼討ちということで愛之助には何にもお咎めがないそうでございます」

普段は温厚な百兵衛の声に怒りが滲んでいた。

権兵衛の言った通りに、愛之助は罰せられないで済む。

「こんな酷《ひど》い話はねえよな」

其角も憤りを感じている。

「愛之助をのさばらせておくと、また何か起きかねない」

「左様でございますね。また誰か殺されてはたまったものではございません。それに、愛之助さまがいなければどんなに商売がしやすいでしょう」

「商売の邪魔をされているのか」

「はい。愛之助さまがいらっしゃるという時には、お客様はこわがって逃げていきます。また今まで贔屓にしてくれたお客様も来なくなってしまったりと、色々文句はありますよ」

百兵衛の不満が漏れた。

「もう琴柱もいないから、愛之助はここにも来ないんじゃないか」

「そうだといいのですが、また来たらと思うと不安で仕方がありません」

其角は黙って頷いた。

「そういえば、琴柱の親には報せたのか」

其角は思いついてきいた。

「権兵衛に頼んで牛込御箪笥町《うしごめおたんすまち》まで行ってもらいました」

「牛込《うしごめ》御箪笥町なのか」

其角は琴柱が変わったところに住んでいると思った。町人が住むようなところもあるだろうが、路地裏の狭いところなのだろうと思い浮かべた。

「八百屋《やおや》を営んでいるんです」

「八百屋か」

「琴柱が死んだことは伝えたのか」

「ええ、琴柱が死んだことを告げると、母親は畳に突っ伏して泣いていたそうです。父親の源七《げんしち》さんは気丈《きじょう》にしていたそうですが、顔は青ざめていたと聞きます」

「そうだろうな。娘が先に逝《ゆ》くなんて」

其角もやりきれないように言った。

「で、来るように言ったんだな」

「ええ、そう言いましたが、死んだことを認めるのがいやなのか、弔いも『扇屋』

にすべて任せると言っていました」

「そうか。いくら逆縁だからといって、自分の子どもと最期の別れもしないなんて、琴柱も可哀想《かわいそう》だ」

其角には子どもがいないが、親の深い悲しみも理解ができた。

夜になって、僧侶がやってきて、読経《どきょう》をした。参列していたのは其角と『扇屋』の主人夫婦、権兵衛、そして店の同輩である。あんなに人気のあった女なのに、客はやってこなかった。おそらく、死に方を気にしたのかもしれない。愛之助の仲間に殺されたと巷《ちまた》では噂がすぐに広がったらしい。それだから、松平家とのいざこざの関わりになるのを避けたかったのだろう。琴柱の親は姿を現さなかった。

五

降り続いた涙雨は翌日の朝には止んで、青空が広がった。

葬送の列が『扇屋』の裏口から出立し、深川万年町《まんねんちょう》の陽岳寺《ようがくじ》に向かった。葬列はわずか十人足らずの寂しいものだった。

寺の山門に近づいたとき、道の端に若い武士が立っているのに気が付いた。愛之助だ。

其角は目を剝《む》いた。

愛之助は冷ややかな目を向けていた。

思わず、列から抜け出て愛之助に飛びかかろうとしたが、其角は何とか堪《こら》えた。

葬送が終わって、其角一同は『扇屋』に戻ってきた。

「旦那、琴柱さんのお父上が待っています」

「すぐに行く」

百兵衛が部屋に行くと父親が待っていた。

頰《ほお》がこけて、体も痩せているが、目の力だけは強く、若い頃は色男だったことをうかがわせる風貌であった。

「娘がお世話になっておりました。琴柱の父の源七でございます」

「まあ、お当てください」

百兵衛が座布団を差し出した。

「この度はご愁傷様でございます……」

百兵衛は言いにくそうにしていた。

「これまで、面倒を見てくださりありがとうございました。贔屓にしてくださったお客さまも皆さま良い方だそうで」

「そうでございます」

百兵衛が頷いて言った。

「娘の手紙に榎本其角先生にお世話になっていると書かれておりまして、せめてご挨拶《あいさつ》をしたいと思うのですが、どちらにお住まいか教えていただけますでしょうか」

源七がきいた。

其角は咳払いをして、

「私が其角だ」

と、名乗り出た。

「これは失礼いたしました」

「源七さん」

「はい」

其角が呼びかけた。

「ちょっとききたいことがあるんだけどいいか」

「琴柱はどうしてこの店で働くことになったんだ。きっと金のことでわけがあったんだろう」

「ええ……」

源七は俯いた。

其角は語ろうとしない源七に、

「言いたくなければいいんだ」

と、静かに答えた。

「いえ、長くなりますがお話しします。私は旅芸人をしておりました」

其角は芸で喰えない親子の姿を考え巡らせた。

「それは琴柱から聞いたよ。からくり師だったそうだな」

「わたしがいたのは藤本座《ふじもとざ》といいまして、十人余りで全国を旅する一座でございました。それなりに人気もありました。旅芸人を続けていては娘を育てるのによくないからといって、今から六年前に江戸へ出てきて、牛込柳町《やなぎちょう》に小屋を建てました」

「弾左衛門《だんざえもん》の許しがすぐに出たのか」

「何でも」

「いえ、弾左衛門のことを知りませんでした。少しずつ貯めたお金でしたが、せっかく小屋を建てるんだからせめて金をかけよう、これからまた稼げばいいんだと全財産をなげうったのです」

「なるほど」

其角の相づちに話の弾《はず》みがついた。

「初めのうちは知らないで公演をしていたのですが、すぐに弾左衛門の知るところとなり、取りつぶされました」

「そりゃあ、気の毒だ。さぞ悔しかっただろうな」

「ええ、お役人さまに訴えたのですけど、人形遣いも含めたすべての興行は弾左衛門の支配下にあると言われました」

源七の目は、その日のことを思い出しているようだ。

瞳の中に親子の姿が見えるようであった。

「それで、借財を抱えて一座は解散して、家族は路頭に迷いました。食べるものもなく、ひたすらさまよっていました。そんな時に偶然にも出会った方が私たち家族の面倒を見てくれて、お金までくれました。はじめは断ったのですが、困っている者がいるのを見捨てて置くわけにはいかないと五十両をくれたのです。そのおかげで、現在は裏長屋ではありますが、八百屋の仕事をはじめて、その日暮らしですがどうにか生活ができるようになりました」

「親切なひともいるもんだな」

「まったくです。ところが、その方は以前日本橋人形町《にんぎょうちょう》で材木問屋を営んでいましたが、大火事で材木がなくなってしまい、店は潰れて借金を拵《こしら》えて、その場所にいられなくなったんです。今は元鮫河橋八軒町《もとさめがはしはちけんちょう》の裏長屋に住んでいます」

鮫河橋とは四谷の紀州徳川家中屋敷の裏にある貧しい人々が暮らす一帯である。江戸の底辺と言ってもおかしくはない。

「栄枯盛衰《えいこせいすい》っていうが、まったくだ」

其角はしんみり言った。

「私たち家族もその方をどうにかして助けたいと思ってはいるのですが、お金はないし、なかなかどうすれば良いのかわからずにいました。その方の暮らしといったら、残飯のようなものでさえ食べられれば良いものの、なにも食べるものがない日も続くことが多くあるそうでございます。商売が失敗した自分が悪いんだと責めているのですが、その方はたまたま何かの不運で商売が失敗しただけだと私は思っております。本来、才がある方ですから、元手さえあれば材木でなくとも、また成功を収めることだってできるはずです。そこで、娘はここで働くようになって、毎月三両ずつその方に返してきたのです」

今まで金で困ったことのない其角だけに、そういう話を聞くと可哀想な気持ちになった。

権兵衛が話の途中で、

「実はあっしが琴柱さんに頼まれて実家までお金を届けていました」

と、口を挟んだ。

百兵衛は思い出したように、

「どうりで。琴柱は金をそんなに遣う方ではございませんでした。あれだけの売れっ子なので、私もそれなりに給金は払っていたのですが、着物や帯をそんなに拵えるわけではございませんし、何に使っているのだろうと思っていましたが、そういうことでございましたか」

「昔から厳しく躾《しつけ》をしておりました」

「すると、琴柱の部屋に返すための金があるかもしれねえな」

其角が思いついたように言った。

「源七さん、ちょっと確かめてもらえませんか。何にも手を付けておりませんので」

百兵衛が源七を促した。

四人は琴柱の部屋へ向かった。

六畳ほどの小さな部屋である。なんの飾り付けもなく、質素な箪笥《たんす》と化粧台と布《ふ》団《とん》があるだけの部屋であった。

まだこの部屋には琴柱が住んでいるような温《ぬく》もりがあった。

源七が箪笥を探していると、

「小判がありました」

「小判？」

「はい。三十両あります」

其角はなぜ琴柱が三十両もの金を持っているのだろうと不思議に思った。返す金を持っているなら、源七に渡すはずだ。

「このお金はどうしましょうか」

源七が戸惑いながらきいた。

「これは琴柱の金だから、源七さんが受け取るのが当然だ」

其角が言った。

源七はその金を手に取ったが、百兵衛に差し出した。

「これは今までお世話になった旦那さまに」

「いいえ、これは源七さんが受け取ってください」

百兵衛が勧めた。

「でも、そんなことはできませんよ」

源七は首を横に振った。

百兵衛も、源七も遠慮していた。

見かねた其角が口を挟んだ。

「何を言っているんだ。これは琴柱の金だ。これは源七さんがもらうべきだ」

其角はもう一度言った。

源七は震えながら金に手を伸ばして、懐《ふところ》にしまった。

「では、ありがたく頂戴《ちょうだい》いたします」

頭を下げると、

「私はこれから鮫河橋の旦那のところへ行ってこようと思います」

源七はさっそく歩き出そうとする様子であった。

「この金を届けるのか」

「はい、鮫河橋の旦那に受け取ってもらおうと思いまして」

「まったく、とんだお人好しだ」

其角が呆《あき》れたように言った。

「また今度娘の遺品を引き取りに来てもよろしいですか。誰か運ぶひとも連れてきます」

源七がきいた。

「いえ、うちの若い衆を手伝わせますので、明日にでも荷物を運ばせますよ。またこちらにお越しになるのは大変でございましょう」

百兵衛が言った。

「それなら、俺も手伝おう」

其角も言った。

「いえ、先生にそんなことをさせるわけにはいきません」

「どうってことないんだ」

「本当によろしいのでしょうか」

「ああ」

「有難うございます。私の家は牛込御箪笥町にございます」

「明日の朝、権兵衛と一緒に届けるよ」

と、其角は言って、荷物の整理に取りかかった。

翌日、其角は『扇屋』に行き、大八車に琴柱の遺品をのせて、権兵衛が引っ張った。

深川から御箪笥町まで距離にして二里ほどである。一刻くらいかかった。ここは地名の通り、幕府の箪笥（武器）を司《つかさど》る御具足奉行《おぐそくぶぎょう》組同心や、御弓矢鑓奉行《おゆみややり》組同心の屋敷があるところだ。

「先生、この辺りですよ」

源七の住む長屋に近づくと、権兵衛が其角に言った。

其角は結構な道のりを歩いたからか、息があがっていた。去年まではこれくらいの距離を歩いてもなんともなかった。老いを感じて寂しい気もした。

「ここです」

二人は止まった。

家の中からはすすり泣く声が聞こえた。

「気まずいですね」

権兵衛が躊躇《ためら》い顔で言った。

「仕方ねえ。俺が先に入ろう」

其角が家の戸をゆっくり開けた。

「源七さん」

声をかけた。

「はい」

目頭を濡らした女が出てきた。

「茅場町の榎本其角っていうもんだ」

女がはっとした顔をした。

「そうでしたか。わたしは家内の玉《たま》でございます」

玉は権兵衛の引いている大八車に気が付いたようで、

「権兵衛さんも……」

頭を下げた。

「わざわざ運んで下さったのですね」

「大したことはない」

「申しわけございません」

「謝ることはない。源七さんは？」

其角がきいた。

「いえ、昨日から帰ってきていません。鮫河橋の旦那のところに行ったきりです」

「なに、帰ってきていない」

「向こうに泊まっていると思うんですけど。もうすぐ帰ってくると思います」

と言い、

「まあ、お上がりになってください。荷物はこちらにでも置いてください」

権兵衛は荷物を土間に入れて、其角と部屋に上がった。

「娘が死んだなんて、いまだに信じられません」

「俺だってまだ信じられない」

其角も話を合わせるように言った。

それから、其角と権兵衛は玉に琴柱の思い出を語った。

刻を知らせる鐘が鳴った。源七はまだ帰ってこなかった。

「もう戻ってもいい時分ですのに、あの人は何をやっているのですかねえ」

「ちょっと遅いな。向こうに引き留められているのだろうか」

「まあ、先生を待たせてそんなことをするとはね」

「俺は別に急ぎの用もないから気にしないでくれ」

玉は其角と権兵衛に申しわけなさそうな顔をして、

「あのひとは何をしているんでしょうね」

と、幾度となく呟いた。

「これ以上先生をお待たせするわけにもいきませんから、帰ったらあの人に先生のお宅まで礼を言いに伺わせます」

「いや、礼なんていいんだ」

其角は断った。

「それにしたって遅いじゃねえか。何かに巻き込まれていなければいいが」

「あの人に限って、そういうことはないとは思いますが」

「でも、昨日は大金を持っていたからな」

「そんな綺麗ななりをしているわけではないですから、懐にまさかお金があると思う人もいないと思うのですが」

「いいや、三十両持っているというのは顔に出るからな」

玉は不安げな顔をした。

「とりあえず、鮫河橋の旦那のところに行ってみよう。お玉さんにはすまねえが、大八車はここに置かせてもらうよ」

其角と権兵衛は長屋を出た。

鮫河橋まではそう遠くない。

目的地まで向かう途中に其角はまた琴柱のことを思い出した。愛之助のせいで琴柱は死んだ。この世の中で起きる悪事はすべて愛之助が絡んでいると、そんなことあるはずないのに一瞬そう思ってしまう。

「もうそろそろ鮫河橋ですよ」

権兵衛が言った。

ここでは道行く人の姿、格好が違った。皆、汚いぼろ切れを纏《まと》って、背中には商売道具なのか大きな荷物を担いでいる。それも一人や二人ではなく、この辺りのひとたち全員がそうなのだ。貧しそうな町であったが、ここには岡場所もあった。どれだけお金がなくても、遊ぶ場所というのがある。其角は人間の欲の深さというものを思い知った。

この辺りを歩いていると源七だって綺麗ななりをしている方だろう。羽織《はおり》を着ている人は見受けられない。もし歩いていたら、すぐにわかるはずである。

「ちょっとお伺いしますが、羽織を着た中年の男のひとを見かけませんでしたか」

権兵衛がきいた。

「さあな」

冷たい答えであった。

一人だけにきいても分からないと思い、何人かにきいたがそんな男は見ていないという。

「おかしいな」

其角は首を傾げた。何回も鮫河橋には来ているはずだから、道に迷うことなどあるまいし、それに仮に道に迷っていたとしてもさすがに着いていなければ遅すぎる。

「源七さんが言っていた鮫河橋の旦那の名前はわかるか」

もしかしたらそのひとなら知っているかもしれないと思っていたが、其角はそのひとの名前を知らない。源七はただ世話になった鮫河橋の旦那としか言っていなかった。あまり期待できないが、もしかしたら権兵衛は知っているかもしれないと聞いてみたが、

「すみません。わかりません」

「そうか。とりあえず、自身番に行ってきいてみよう」

「その手がありましたね」

権兵衛は手を打った。

自身番は各町にある。いくら貧しい鮫河橋にだってある。ここは、いわば町内の雑用をしたり、火の番をしたりするところだ。源七が言っていた鮫河橋の旦那のことだって知っているはずである。

さっそく、自身番に行ってみた。

「はい、なんでしょう」

番人は柔らかい物腰であった。

「いまひとを探しておりまして、以前日本橋人形町で材木問屋をしていて、数年前にこちらに引っ越してきたひとをご存じではないですか」

権兵衛がきいた。

「あ、大五郎《だいごろう》さんですよ。このすぐ裏手の六軒長屋の左端に住んでいますよ」

「そうですか。ありがとうございます」

礼を言って、そこへ向かった。

他の家々と同じく、随分と古びた長屋であった。

「大五郎さん、大五郎さん」

権兵衛は外から呼びかけた。

其角はなんてひどい構えなんだろうと見渡した。

格子戸が開いた。

中から眠たそうな男が顔を出して、

「なんでえ」

ぶっきら棒に答えた。

顔は赤みを帯びていて、酒のにおいがぷんとした。部屋の中をのぞいてみると、酒器が転がっていた。

「御箪笥町の源七さんは見えていねえか」

其角がきいた。

「源七さん？　来てねえよ」

「そんなはずないんだが。昨日お前さんにお金を届けるはずだったんだ」

「どこ行っちまったんだろう。いつも山王社《さんのう》にお詣《まい》りしていると言っていたけど」

大五郎は考えていた男とまるっきり違っていた。毎月三両を渡しているのだから、もっとまともに生活をしているのかと思えば、見る限りただの酔っ払いである。昔は商家の旦那だったという面影もない。

結局、源七の消息はわからなかった。

其角と権兵衛は長屋を後にすると、道端で立ち止まった。

「どうしましょう」

「他に手掛かりがないものな」

「山王社にでも行ってみましょう」

「まあ、大五郎が言っていたものな」

期待しているわけではないが、念のために行くことにした。

二人は山王社に向かった。

山王社は江戸第一の大社である。

鳥居をくぐり、拝殿に向かって長い階段を上った。

大勢の人がお詣りをしていた。

一人ひとりの顔を注意深く見たが、源七はいない。

「もっと向こうに行ってみましょうか」

「何かあるのか」

「行ったことありませんが」

二人は上ってきた階段と反対側の階段を下りた。

ここを訪れる人は滅多にいない様子である。

「あそこに何か見えねえか」

其角が目を細めて階段の下を指した。

「誰か倒れているんですかね」

酔っぱらいだろうか。

近づいてみると、男はうつぶせになっており、体の下には血が流れていた。すぐさま、体を仰向けにした。肩から斜めに斬られていた。

「あっ、源七さん」

其角が頰を叩いて名前を呼んだが返事はない。胸に耳をあてても音がないし、息もしていなかった。

辻斬りか。

源七は袈裟懸《けさが》けに斬られていた。懐に入っているはずの三十両の金もなくなっていた。

「すぐに自身番に報せてきます」

権兵衛が自身番に向かおうとすると、其角は急に思いついたように、

「あと、御箪笥町に行って、お玉さんも連れてきてもらえるか」

と、頼んだ。

神社の裏通りなのに、人が大勢集まってきた。

中には、自分の亭主や友達ではないかと心配で駆けつけたひともいるだろうが、殆《ほとん》どが興味本位に亡骸《なきがら》を見にきた野次馬である。

「おい、これで何件目だろう」

「本当に物騒だな」

「例の人斬りの仕業《しわざ》なのか」

「多分そうだろう」

ここのところ、江戸市中を騒がしている辻斬りだと見物人は勝手に噂した。

其角はそんなことはどうでも良かった。

いや、普段であれば興味本位から噂話をかき集めるが、今回は知っているひとが亡くなっている。それもつい昨日会ったばかりのひとだ。

其角は誰がこんなことをしたのかを考えていた。しかし、源七に関して知っていることがあまりに乏しかったためにまったくわからない。

強面《こわもて》で体格のよい岡っ引きがやって来た。

岡っ引きは同心が私的に雇う手先である。

同心は南町《みなみまち》、北町奉行所《きたまちぶぎょうしょ》に各百二十人ずついるが、実際に捜査する廻《まわ》り方同心《かたどうしん》は三十人しかおらず、到底大江戸八百八町を担うことができない。そのために、岡っ引きがいる。元はやくざな連中が多く、御用をかさに着て、町人に金をたかるような悪い岡っ引きもいる。

しかし、貞蔵《ていぞう》は言葉遣いからそうでもないように見えた。

大勢の人だかりが邪魔なようであった。

「見世物ではないから、下がれ下がれ」

岡っ引きが叫んだが、聞く耳を持つものは誰もいなかった。

其角は亡骸のそばに立っていたので、岡っ引きが近づいてきた。

「私は榎本其角という者だ」

「あの其角先生でございますか。わっしは御用聞きの貞蔵でございます」

相手の物腰は柔らかかった。

南町奉行所定町廻り同心の田中三太夫《たなかさんだゆう》から手札をもらっていると貞蔵は話した。

貞蔵は亡骸を改めた。

「これは死んでから半日以上経っています。すると、殺されたのはゆうべですね」

貞蔵が言った。

「ああ、金も盗られている」

「金を？　じゃあ、辻強盗だ」

「この男は三十両ほど持っていたんだ」

「知り合いですか」

「ああ、昨日知り合ったばかりなんだが」

琴柱のことや深川の『扇屋』であったことを説明した。

「ところで、この男はなんという名前です」

「牛込御箪笥町の源七だ」

それから暫《しばら》くして、権兵衛が玉を引き連れて、大勢の人の山を掻き分けて死体に対面した。

「お前さん！」

玉が目に涙を浮かべて叫んで崩れ落ちた。

「お玉さん」

其角は体を支えた。

「誰がこんな惨いことを」

「三十両の金を持っていたというからには、金に目がくらんでのことだろう」

貞蔵が言った。

玉は悔しそうに歯を食いしばっていた。娘に続き、亭主まで失った。

後ろで群衆が騒いでいた。

「近頃出没している辻斬りとは関係はねえか」

其角がきいた。

「それは分かりませんね。いずれの辻斬りも共通していることはないんで、はたして同じ者なのか……」

貞蔵は言った。

その時、群衆の中からひょっこり四十くらいの中肉中背の男が出てきて、

「あのォ、ちょっと伺いますが、この人は斬られたんですか」

と、貞蔵にきいた。

其角は貞蔵に自分が答えるという具合に目配せをした。

「そうだ。強盗にあったんだ」

「いつの話でございますか」

「ゆうべだ」

「ゆうべ」

男は繰り返した。

何か心あたりがあるようだった。

「なにか知っているのか」

「ええ、辺りが暗くなった頃でした。今ここで倒れている方をお見かけしました。なにやら、懐にずっと手を入れて辺りをきょろきょろしながら歩いていたので覚えております」

「たしかに、このひとだったか」

男はもう一度亡骸の顔を確認して、

「はい。この先に二股に分かれている道を右に曲がったすぐの所で正面から出会《でくわ》しました。奇妙な人だなと思ってふと振り返ると、道なりに進んだのを覚えております」

息をつかずに続けて、

「それから、すぐに正面から走ってくる浪人風の男が見えました。なにかあったのだろうと思って、ただぼんやりしていたのですが、その浪人が戻ってきて、ここを誰か通らなかったかときくのです」

「それで」

其角は顎《あご》に右手をやった。

「わたしはすぐにあの懐に手を入れていたひとのことかと思いまして、ここを道なりに行ったと答えたのです。今にして思えばあの浪人が斬ったのかと思います。わたしがあのときにそう答えなければ、もしかしたら斬られずに済んだのかと思うと、なんだか切なくなります」

深々と頭をさげた。

「いくつかききたいことがある」

貞蔵はその男にきき取りをはじめた。

「その男はどんな出で立ちだった」

「黒羽二重《くろはぶたえ》に丸ぐけの帯を締めて、赤鞘を差していました。いかにも浪人といった感じでした」

「紋は付いていたか」

「はい。菱形のなかに一と書いてあったと思います」

「すると、隅切角横一《すみきりかくよこいち》かも知れんな」

「他には」

「額に刀を受けたような傷がございました」

「背格好は」

「大きかったです」

「言葉遣いはどんなものであったか」

「ものすごく訛《なま》っているわけではありませんでしたが、どこか地国から出てきたような感じを受けました。私は昔大坂へ行ったことがあるのですが、その時に赤穂《あこう》から来た商人と出会いまして、似たような言葉であったのを覚えております」

その男は説明した。

貞蔵はすべてを書き記した。

「このひとは何か握っています」

玉が突然言った。

見てみると、源七の傍《かたわ》らに毘沙門天《びしゃもんてん》の根付があった。

「これは源七さんのじゃないのか」

其角がきいた。

「いいえ、うちのひとはこんなもの持っておりません」

「もしかすると、辻斬りをした者のものかもしれないな」

貞蔵が口を挟んだ。

其角は直感でこの根付は松平愛之助に関わる人物のものではないかと思った。

第二章　江戸座

一

新年になった。

元禄十四年である。元日に二郎兵衛が江戸座へ戻ってきた。だいたい、ふた月くらいは江戸を離れていたことになる。上総国市原郡《かずさのくにいちはらごおり》に里帰りしていたのだ。

其角の住む江戸座は日本橋茅場町にあり、日本橋川にかかる茅場橋から東へ半町ほど行った、左側の建物で、丹後田辺藩《たんごたなべ》牧野《まきの》因幡守《いなばのかみ》のお屋敷の向いに当たった。家は階下二間に二階一間で、玄関と台所が並んでおり、入り口には半坪ほどの植え込みがあって夏は朝顔の蔓《つる》などがからませてあった。

「おお、無事に戻ってきたか」

其角は二郎兵衛の帰りを喜んだ。

こんなにも長い間、二郎兵衛と離れて暮らしたのは二郎兵衛が内弟子になってから初めてだった。

「長い間お留守にして申しわけございませんでした」

二郎兵衛は畳に手をついて、頭を下げた。

其角は首を横に振り、

「お前がいない間に色々あってな」

何から話せば良いのか分からないくらいであった。

二郎兵衛も其角の話を体を前のめりにして聞いた。

「お前は深川の『扇屋』というところを知っているか」

「ええ、噂には聞いたことがあります。三味線、歌、踊りの芸を仕込んだ女たちを大勢抱えていて、江戸で一番繁盛しているとか」

「まあ、そうだ」

二郎兵衛が聞いた噂はかなり誇大に宣伝されていたが、あえて否定せずに、そのまま話を続けた。

「そこに琴柱という女がおってな」

二郎兵衛は女と聞いただけで、ぴんと勘が働いたのか、

「その女のひとと良い仲になりましたか」

「ああ、なった」

「さすがは先生。手が早いですねえ」

二郎兵衛は冗談めかした。

「しかし、それが大きなできごとになったのだ」

「そう言いますと？」

「話せば長くなるが、琴柱にはいい男がいた。旗本の松平信望さまという方の弟の愛之助だ。しかし、その後、二人の仲に亀裂《きれつ》が入り、ちょこちょこ『扇屋』へ邪魔をしに来たんだ。俺が初めて行ったときも、奴は来ていた。それで何度かそういうことがあるうちに、琴柱は斬られてしまった」

「えっ」

「死んでしまったんだよ」

其角の声が曇った。

「そうですか……。それはお気の毒でございますね」

二郎兵衛も何と返事をしたら良いのかわからないようであった。

「じゃあ、先生は今はどこの女のひとに惚れているんですか」

「馬鹿やろう、琴柱に代わるものなんているかい」

「そんなにも」

二郎兵衛は驚いているようだ。

其角の女好きは知られている。

あっさりとした間柄を好む其角であった。それが、こんなにも心底惚れていた。

「どうして、俺が琴柱に惚れたかっていうとな」

其角はまず芸がうまいこと、器量が良いこと、そして人情深いことを上げた。それに、昔助けてくれた人が今は貧しくなっていて、その人を助けるために毎月三両の金をあげていたことを話した。

「へえ、そこまで情け深いお方でしたか」

「ああ。だが、その父親の源七さんも琴柱の遺した三十両の金を持って鮫河橋の男に会いに行く途中に殺されてしまった」

「えっ」

二郎兵衛は再び驚いた声を上げた。

「いったい誰に殺されたんです」

「わからねえ。辻強盗みたいだ。俺が捕まえてやる」

其角は意気込んでいた。

「私にも何か手伝えることがあれば仰ってください」

二郎兵衛が言った。

「ああ」

其角は短く答えて、

「それより、これから新年の挨拶に来る者たちが大勢いるだろう。忙しくなるぞ」

頭を切り替えるようにして言った。

新年の挨拶に江戸座へ来るひとたちは多かった。服部嵐雪や杉山杉風などの蕉門十哲と称される者たちをはじめとする俳諧師はもちろんだが、それだけにとどまらず、東西の文化人から商人、役者、武士までもが訪ねてきた。

たとえば、市川團十郎《いちかわだんじゅうろう》、新井白石《あらいはくせき》、荻生徂徠《おぎゅうそらい》などが顔を見せた。

皆、年礼の難しい言葉を大いにちりばめて堅苦しいものとなっていたが、紀伊国屋文左衛門の場合は違った。

「御慶」

とだけ言うと、

「先生に差し上げたいものがございます」

普通は扇子《せんす》を渡すのであるが、文左衛門は何やら紙で梱包された大きなものを手下の者に運ばせていた。

「これは何だ」

「狩野玉燕《かのうぎょくえん》作の唐獅子《からじし》屏風でございます」

と、文左衛門は嬉しそうに包装された紙を解《と》いた。

狩野玉燕とは下谷御徒士町《したやおかちまち》狩野派の当主で、まだ二郎兵衛と変わらないくらいの若さだが、実力のある者であった。

「まったく、毎年することが大きいな」

「恐れ入ります」

「正月に向けてこれを作ったのでは、玉燕先生も大変だっただろう」

「いいえ、其角先生のために作れるのは喜ばしいと言っておられましたよ」

「また変な世辞なんか使いおって」

「いいえ、世辞なんかじゃございません」

文左衛門の年礼はそれだけで早々に引き上げていった。

その後に入ってきたのは、芭蕉の葬儀のときに水仙と暴れた永代橋であった竹山であった。

二郎兵衛は今まで会ったことがなかった。

其角は珍しい者が来たと思いながらも、この間話せなかったことがあるので都合が良いと思った。

「よく来たな」

其角は温かい言葉をかけた。

「先日はどうも」

「どうした？」

「へえ、実は頼みがあって参りました」

「頼み？」

「はい、水仙さんのことです」

「水仙がどうした」

竹山が来るとしたら、それ以外に考えられない。

「実はもう先が長くないんです。それで、其角先生に一度でいいから見舞いにでも来てもらいたいと思っておりまして」

「でも、俺を恨んで会いたくないんだろう」

「本当言うと、先生に会いたいんですよ」

「本人がそう言ったのか」

「いえ」

「じゃあ、分からないじゃねえか」

「でも、永代橋で先生とばったり出くわしたことを話したら、顔つきが変わったんです。どこか遠い昔に思いを馳せるような目になりましてね。そして、普段であればぶすっとしているのに、口元が緩んだんですよ」

「ほう」

色々な人々を見てきている其角である。水仙がどんな思いであるかは分かった気がした。

「でも、俺が会いに行ったら水仙の面目《めんぼく》が立たないんじゃないか？」

「もう面目なんて言っていられませんよ。あと、十日持つかどうかと医者から言われているんですから」

「十日？」

其角はたった十日と思った。

「水仙の年はいくつだ」

「三十五です」

其角より六歳も若い。

三十五で死ぬのは早すぎる。

酒に溺《おぼ》れずにいれば、芭蕉から破門されることもなく、今頃は其角や服部嵐雪や杉山杉風と肩を並べるほどの俳諧師になれたであろう。

芭蕉の弟子で師匠から神童と呼ばれたのは、其角と水仙だけであった。

それだけに、常に二人は比較されていた。

しかし、段々と其角ばかりが脚光を浴びるようになり、水仙は荒《すさ》んでいった。それが酒に走らせた原因ではないかと考えられている。

「奴に会ったら何て言われるか」

其角は口では渋っていたが、もう心は行くと決めていた。

自分から行ってやると言えなかった。

それを二郎兵衛が見かねてか、

「せっかくなので、行ってあげたらどうですか」

と、言った。

「二郎兵衛がそこまで言うのなら行ってやろう。ただ、これからも挨拶にくる者がいるから日が暮れてからでいいか」

「ええ。ありがとうございます」

「それで、奴はどこに住んでいるんだ」

「日本橋米沢町《よねざわちょう》です」

竹山は手書きの地図を渡した。米沢町は両国橋際両国広小路に面している町だ。

「わかった。夜になったら行ってやる」

其角は約束した。


夜までの間に、其角は酒をたくさん呑んだ。

いくら呑んでも、酔いつぶれることはなかった。

そして、呑むとやたらと人を持ち上げたくなる性格であった。

其角はとにかく人を持ち上げるのがうまかった。それだから、陰で幇間《ほうかん》俳人だとか言われていたが、そう言っている者でさえ其角と酒を呑めば、すぐに好きになってしまう、不思議な魅力があった。自由奔放であるが、嫌みがまったくない人柄がよかった。

ただ、さすがの其角も夕方を過ぎる頃になると赤い顔になっていた。

其角は地図に記された日本橋米沢町の水仙の住む長屋まで行った。

「おい」

かなり酒が回って長屋の前でぶっきらぼうに大声をあげた。さらに、少し照れくさくて、口調も強かった。

すぐに、戸が開けられて、

「お待ちしておりました」

竹山が出迎えた。

四畳半の部屋の奥で、入口に背中を向けて布団にくるまっている男がいた。

「寝ているのか」

「いえ、目は開けていますよ」

其角は履き物を脱いで上がると、

「酒を持ってきてやったぞ」

三合徳利をぽんと布団の横に置いた。

「帰ってくれ」

水仙は振り向かなかった。

だが、首も細く、痩せているのが分かった。

あの体格のよかった水仙がこんな姿になって……。

だが、其角は、

「ちっ、なんだい」

と、わざと舌打ちをし、

「何か器でもあるかい」

手で呑む仕草をした。

竹山はすぐに湯呑を二つ持ってきた。

其角は酒を注いだ。

竹山も手に湯呑を持っており、

「私もいただいてよろしいですか」

「ああ」

「ありがとうございます」

其角は徳利を渡して、まずは一杯くいと呑み干した。

酒の匂いが漂《ただよ》ってきたのか、水仙は体を反転させようとしたが、また元に戻した。

「おい、呑まねえか」

「いらねえよ」

「酒でやられたのか」

「そうだ」

「お前は酒さえ呑まなければ良い俳諧師になれたのにな」

「あんたに言われたくはねえ」

「まったく、馬鹿な奴だ」

其角はしみじみ言った。

水仙は何も言わずに体を起こして、其角を見た。

髪はボサボサになっており、無精ひげが汚らしく生えていた。こんな顔をしていたのかと、其角は自分の記憶が曖昧なことに妙な気持ちを覚えた。

「やっと、顔を見せやがったな」

「……、俺にもくれ」

水仙は言いながら、勝手に手を伸ばした。

猪口《ちょこ》を持つ手は震えていた。

おぼつかない手で猪口を口まで運ぶと、ちょっと舌をつけてから徐々に傾けてゆっくり呑んだ。

「しばらく呑んでいねえのか」

「ああ、医者に止められてな」

「どのくらい呑んでいねえんだ」

「ふた月くらいだ」

「そりゃあ、長いな」

「久しぶりで酒の顔も忘れていた頃だ」

「ふん、酒の方でもお前の顔は忘れていただろう」

「なに、ぬかしやがる。酒なんか持ってきやがって」

「お前は酒がないと話ができないだろうと思ったんだよ」

「嘘つけ。寿命を縮める気だな」

二人は酒を呑んでは注いだ。

水仙は時々目を瞑《つむ》っては何かを考えているようであった。ただ、ひとつ明らかなのは其角も水仙もあの時のことは水に流したということであった。その話に触れようともしない。

悪口の言い合いのように感じるが、これが二人にとって居心地の良い会話なのであろう。

散々言われても、どちらも気にする様子はない。

三合徳利の中身がすぐになくなってしまった。

「おい、酒を都合してきてくれ」

水仙が竹山に言った。

「もう止《よ》したほうがいいんじゃねえか」

「なに言ってやがる、べらぼうめ」

「何だと、俺が心配してやってんのに」

「そもそも俺は呑みはじめたら止まらねえぞ」

「だから、破門されたんだろう」

「また、そんなことぬかしやがる」

「体は辛《つら》くねえのか」

「まったく」

「じゃあ、買ってきてやってくれ」

其角は小銭を竹山に渡した。

近所に酒屋があるらしく、もう店は開いていなかったが、無理を言って買ってきてくれたらしい。

どれくらい呑んでもいいように、一升近くを買ってきた。

「ああ、うめえ」

水仙が新しい酒を美味しそうに呑む。

其角も負けじと呑んでいた。

「先生、そろそろ帰らなくていいんですか」

竹山が言ったが、

「こいつに付き合ってやるから今夜は呑み明かすよ」

「そうですか。私はそろそろお邪魔いたします」

「ああ、ありがとうよ」

「では、お先に」

竹山が去った。

二

其角と水仙は酒を呑みながら、相変わらず悪口を言い合っている。

ふと、其角が欠伸《あくび》をした。朝から年礼で疲れがたまっていた。

「もう眠いのか」

水仙が馬鹿にするように言った。

「そんなことはねえ」

其角は無理をして酒で眠気を覚まそうと呷《あお》った。

しばらくすると、水仙の呑む調子も遅くなっていった。

目もうつろになっている。

「其角、お前がうらやましいよ」

ろれつが回っていなかった。

「どうして」

「そりゃあ、世間に認められているからよ」

「そんなことは、俺の知ったこっちゃねえ。世間の評判なんて要らねえよ」

「ふん、成功した者だけが言える台詞《せりふ》だ、まったくふざけやがって」

「お前は世間の評判なんか気にする奴じゃねえだろう」

「ああ。いや、でも気にするときもあるさ」

「お前がか」

「いけねえのか」

「そうは言ってねえけど」

「芭蕉先生に破門されたときには、もう終わりだと思った。目の前が真っ暗だった」

「俺も破門されていたらと思うとこわい」

「お前は先生のお気に入りだったから、何をしても破門されなかったに違いねえ。服部嵐雪や杉山杉風なんかもいたけど、やっぱりお前が一番可愛がられていた。不思議でしょうがねえよ」

水仙は強い口調で言った。

其角は黙って聞いて、昔のことを思い出していた。


其角は松尾芭蕉の一番弟子であると誰もが認めていた。

十四歳から芭蕉の弟子になり、早くからその才能を開花させていた。芭蕉も其角のことは、大いに評価をしており、「私には其角と嵐雪がいる」とよく自慢していた。其角の方も昔からまんざらでもないように、「芭蕉先生に認められているんだ」と吉原中を闊歩《かっぽ》して回った。十四歳で吉原の遊びを覚えた其角は、月に十日は吉原で遊興して、若いのに遊びなれた面白い奴がいると、吉原に通う客であれば誰もが名前を知っていた。しかし、これは吉原の中だけの話で、その名前が世間に広まったのは十六歳の時であった。

「闇の夜は吉原ばかり月夜かな」

という俳句は江戸中に広まった。

「巧《うま》いことを言うもんだな」

「たしかにな、江戸でずっと明るいのは吉原ばかりだ」

「粋なことを言うじゃねえか、この其角って野郎は」

「いったい、どこのどいつなんだい」

「それが松尾芭蕉の弟子で、まだ十六歳なんだってよ」

「えっ、本当かい。驚いたな。まだそんな若い奴だったのかよ」

評判は上々であった。

しかし、師匠である芭蕉は頭をひねった。

それというのも、この句の解釈を巡ってのことである。世間は暗いのに吉原ばかりは明るいという意味なのか、それとも明るい月夜で灯りを照らす必要がないのに、吉原ばかりは闇の時のように灯りがあるという意味なのか。どちらの意味で作った

のかはあの芭蕉でさえまったくわからずに、

「其角や、お前の句で話がある」

「なんでしょう」

「闇の夜は吉原ばかり月夜かな、という句だが、どういう意味であるか」

「どうしたんです。町の連中も知っているのに、芭蕉先生であればすぐにおわかりになりますでしょう」

「それがどちらの意味かわからないんだ」

芭蕉は悩んでいた。

これほど悩む芭蕉というのは、普段滅多にお目にかかれないであろう。其角はどちらとも言わず、人々が、ましてや師匠までもが頭を抱えて解釈に悩んでいるのが面白くてたまらなかった。

其角の俳句は落ち着き払った芭蕉の句とは正反対の派手な詠み方をしている。そこからも分かるように性格も幾分違っていて、私生活のことではあまりに派手すぎると芭蕉から小言を受けるのも常であったが、耳を貸すことなく、若い頃から四十を過ぎても生活はまったく変わっていなかった。

しかし、こんな奔放な其角であっても、情に厚く、男気があり、周囲の人たちからは人気があった。それに実力も伴っているものだから、芭蕉亡き後の江戸俳壇の中心を担った。

「俺は破門されたときに死のうと思った」

昔を思い返して黙っている其角に、水仙が言った。

「じゃあ、死ねばよかったじゃねえか」

其角はわざと悪態をついた。

「本当だな」

「ああ、なぜ川に飛び込まなかった」

「飛び込もうと思った」

「死にぞこないか」

「でも、もうじき死ぬんだ」

其角に聞こえるかどうかの小さな声で言った。

目の奥がきらりと光った。

「死ぬのはこわいか」

「馬鹿やろう、死ぬのがこわくて生きていられるか」

震えた声に、其角も胸を打たれるものがあった。

それから水仙は黙り込んでしまった。

其角が声をかけても舌打ちするだけで、何も答えず目を瞑った。やはり病人だ。

体力がなくて寝てしまったのかもしれないと、其角は残った酒を呑み干すと、いつの間にか寝ていた。


朝は烏《からす》がうるさく鳴いていた。

あまりにうるさいものだから、其角は不機嫌に起きた。

「どこだ、ここは？」

目をあけると、いつもと違う天井に頭を悩ませ、すぐに水仙の長屋だと気が付いた。酒で体が温まっていたとはいえ、布団もかけないで寝てしまったので、寒気を感じた。

其角は起きあがると、隣を見た。

徳利が転がっていて、布団で水仙がまだ寝ていた。

烏は相変わらずうるさかった。

「まったく、こんなにうるさいのに、よく眠れるな」

独り言を言いながら、転がっている酒器を片づけた。

二郎兵衛は心配しているだろうか、と思ったが、ずっと水仙と呑んで泊まっているとわかっているだろうとも思った。

「おい起きろ」

其角は水仙の体を揺らした。

水仙は起きなかった。

「おい、起きろって」

何度も揺らしたが、びくともしない。

「もしかして……」

と思い、手首を握ってみると、脈がない。

体は冷たくなっている。

「馬鹿野郎。勝手に死んじまいやがって」

其角は呟いた。

そのとき、入り口の戸を叩く音がした。

「すみません、先生まだいらっしゃいますか」

竹山の声だ。

其角は戸を開けるなり、

「水仙が死んだ」

「え？」

「酒を呑ませすぎた」

「いえ、どうせあと十日の命だったので、最後に大酒を呑めて嬉しかったと思いますよ」

「水仙に身寄りは？」

「いません」

「独り身か」

本当に孤独な男であったのだろう。芭蕉の葬式のときに暴れたのも、もしかしたら仲間としてそこにいたかっただけなのかも知れない。

しかし、死んでしまってはわからないことだ。ましてや、生きていたとしても、水仙は正直に言う男ではないので、おそらくは真意はわからなかったであろう。

「しょうがねえ、俺が供養してやるか」

其角が買って出た。

「先生、ありがとうございます」

竹山は頭を下げた。

「死んじまったら皆仏だ。憎い奴だが、俺が看取ったのが定めだ。せめて、供養の時には芭蕉門下を大勢呼んでやろうじゃないか」

其角は竹山を見やった。


水仙の葬儀は実に派手なものだった。

江戸の俳諧師が揃った。

竹山以外は、誰一人として水仙と仲良くしていたものはいなかったが、死んでしまったらどこか寂しい気持ちになっていることだろう。

「あ、沾徳《せんとく》先生もこられていますよ」

二郎兵衛は其角に耳打ちした。

沾徳先生とは、水間《みずま》沾徳のことである。

いま其角と人気を二分する人物だ。

沾徳は其角より一つ年下の寛文《かんぶん》二年生まれである。年齢の近い宝井其角と水間沾徳だが、性格はまるきり違っていた。

世間の見方では、放蕩の其角に、勤勉の沾徳である。

世の中に陰陽があるように、表と裏があって、聖と俗があって、また明と暗があるように、この二人は違っていた。それだから、二人の弟子の特徴もまた違った。

町人に慕われた其角に、武士などに好かれた沾徳。

二人が顔を合わせたときに、

「久しぶりじゃねえか」

其角が声を掛けた。

職人のようなべらんめえ口調は昔からだ。

「久しいの」

沾徳は気取った言葉遣いで言った。

其角はこの気取った様子がどうも癪に障っていた。ただ、それは沾徳としても同じようで、其角の口の悪さを苦々しい顔で聞いていた。

両者が話していると、周囲が不安になった。

この二人は仲がよいのか、悪いのかわからないのだ。

互いを認めようとせずに、こき下ろしているかと思えば、やはり才能があると互いに誉めていたりと、本人たちでないとわからない妙な絆というものがあった。

「やっぱり、貴方の影響力は目を見張るものだ」

沾徳は顔色を変えずに言った。

「そうかえ」

其角は珍しい言葉を投げかけられて、照れ笑いした。

「貴方には素晴らしいお弟子さんがいらっしゃってよろしいな」

沾徳が隣にいる二郎兵衛を見ながら言った。

其角も満更《まんざら》ではなかった。

この二郎兵衛は優れた俳諧師というわけではない。

ただ、二郎兵衛ほどしっかりしていて、気遣いができる若者というのも少ない。

二郎兵衛と目を合わせただけで、其角が何をして欲しいのかがわかるようでてきぱきと動いた。

さらに、顔を合わせなくとも、

「二郎兵衛」

と、部屋を隔てて呼びかける声の調子で何でも察してくれる。

さすがに全国どこを探してもこんな男は他にいないだろうと、其角はつくづく感心していた。

それだけに、其角の可愛がりようは異常であった。

其角は喜怒哀楽が激しいひとと周囲には見られているが、二郎兵衛に対してだけは喜の一辺倒であった。

それゆえに、二郎兵衛はよく妬《ねた》みや僻《ひが》みを買った。

二郎兵衛以外の弟子が、どんなに住み込みで師匠のお側《そば》にいたいと頭をさげても、うんと首を縦に振らなかった。

他の弟子たちは納得がいかなかった。

「どうして、俳諧師じゃない者を弟子に取っているんです」

周囲からはきかれたが、

「あいつは見どころがある」

と言うだけで、他に何も答えなかった。

そもそも、二郎兵衛の場合は、彼が自《みずか》ら弟子入りを望んだわけではなく、其角に今日から弟子にすると言われて一緒に住んでいるだけだった。その日が何年何月何日と覚えていないのは、弟子になったのが、本当に幼い頃であったからだった。

ただ、いくら俳諧のことは知らない二郎兵衛でも、其角の身の回りのことはするし、付き合いにだって同席する。女房を持たない其角の女房役を担っていた。

こうなると、弟子たちは二郎兵衛と其角の間柄を疑った。

『この二人はできているんじゃないか』

こういう声が上がったが、元来の女好きで、男はどんな美少年であっても好まず、買ったことすらない其角に、いくらなんでも其角先生にはそれはないだろうと否定する声も多かった。

『二郎兵衛は実は其角先生の子ではないか』

そういう声も少なからずあった。

しかし、独り身の其角であるからわざわざ周囲に隠す必要はなく、子の母親と一緒になって親子三人で暮らせばいいだろうと思われた。

『二郎兵衛が其角の弱みを握っている』

そういうことを言う人もごく少数ではあるがあった。だが、二郎兵衛にそのようなことができるはずはないというのが真っ当な意見だろう。

ともかく、弟子なのだから、少しくらいは師匠を見習って俳諧に勤《いそ》しむべきだということは、周囲の人々から散々言われていた。

「先生、私にも俳諧をお教えください」

葬儀が終わった後、二郎兵衛が頭をさげた。

其角は首を横に振った。

「お前はまだ若い。俳諧なんてする必要はない」

「しかし、先生も若い頃から俳諧で活躍されていたではありませんか」

「時代が違う、時代が」

「俳諧がどうって言っても、俳諧の人気は変わりません」

「俳諧がどうって言っているんじゃねえ。人の生き方を言っているんだ。この太平の世の中、若者が何かに打ち込む必要はないよ。何も考えず、のほほんと生きていくのが必要だろうが」

「では、先生は私に何もするなと仰るのでしょうか」

「ああ、何もするんじゃねえよ。ただ、俺のそばにいれば、旨《うま》い酒と肴《さかな》があって、吉原では上等の女を抱けて、何不自由ない暮らしができるんだ。違うか」

「いえ、確かにそうでございますが、私も俳壇に身を置きとうございます。どうか、お教えくださいませ」

二郎兵衛は両手をついて頭を下げた。

「なにを言っているんだ。俳諧なんて教わるものじゃねえ。芸は盗むものだ」

きっぱり断り、さらに続けて、

「それにな、俳諧なんてまともな者のすることではないぞ」

「先生や周りにいる方々を見ていれば、皆まともに思えます」

「それは、お前の目が腐っているんだ。な、よく考えて見ろ、十七文字で銭を稼ごうなど、ろくでもない考えの持ち主だ」

「先生は銭のために作っているのでしょうか」

「ああ、そうだ」

「他の方々もそうでしょうか」

「違う人間もいるだろう。しかし、芭蕉先生はそうであった」

「あの芭蕉翁《おう》がですか。でも、おかしいじゃありませんか。芭蕉翁が銭を目当てに俳諧をしていたならば、江戸にいればいいものをどうして東北の方に旅なんかに出ていたんですか」

「そこがお前は浅はかだっていうんだ。お前の言っているのは奥の細道のことであろう。どうして、弟子ひとりだけ連れて、歩き続けなければならないと思ったんだろうとな。でも、あれはな、贔屓《ひいき》にしてくれる人々が方々にいたからできたんだ。ま、要するに各地に芭蕉先生を呼びたい贔屓筋がいる。そこで句会を開けば祝儀で莫大な銭が入ってくる。それを場所を変えて続けていたのさ。いわば、人気を誇る芭蕉翁だからこそできる商売だな」

其角が一通りしゃべると、二郎兵衛は驚いたように、

「へえ、知りませんでした。何しろ評判のよいお方ですので、そのようなことをなさる方とは思いませんでした」

「たしかに評判はいいし、立派なお方であった。しかし、女好きであるのに、吉原へは行かず、素人《しろうと》ばかりに手をだしていた」

其角の言い方には毒があった。まるで、芭蕉を男として最も卑《いや》しい遊び方をしていたと言わんばかりであった。

「はあ、女好きでございますか」

「ああ、もうわしと比べられるほどのものだろう」

「そんなに」

「ただ、何がよくって素人ばかりに手を出したのか。俳諧の師匠ではあるけど、男としては師匠とは思えなかったな」

其角が冗談っぽくいえば、二郎兵衛はむっとした。

ことはじめは二月八日で、この日を境に江戸の春は駆け足でやってくると其角は思っている。

三

「二郎兵衛、おこと汁を作ってくれ」

「はい、先生」

こんな挨拶も、今年で二十回目である。

おこと汁とは十二月八日、二月八日の事八日に、無病息災を祈って食べる野菜がふんだんにつかわれた味噌汁のことで、具材はそれぞれの家で違うが其角は師匠の松尾芭蕉と同じで小豆《あずき》、大麦、豆腐、里芋、ごぼう、こんにゃくであった。なかには、人参や大根を入れるひともいるというが、不思議なことに二郎兵衛が幼い頃から親しんできたおこと汁と其角のおこと汁の具はまったく同じで、味噌汁の味さえもほとんど同じであった。

おこと汁を食べる頃になると、もうひとつ春の訪れを感じることが、梅の花見であった。花見といえば桜と決まっているが、其角の住む江戸座がある茅場町では梅並木が有名で花見客がどっと茅場町に入り込んでくる。

茅場町の名物は、梅並木だけではなく、其角の江戸座もまたそうであった。

「ここが江戸座かあ」

「へえ、乙な家だねえ」

「あの有名な宝井其角っていうひとは粋なひとだねえ」

こんなことを花見の帰りに江戸座を通るひとは言った。

それというのも、江戸座のちょうど横に梅にしては大きな老樹がある。この老樹が江戸座へ手を伸ばすようにしているところを江戸市井の人々は其角の考え出したことと見ているが、梅が先にあって、そこに江戸座が建ったのであって、その反対ということではなかった。

しかし、別名好文木《こうぶんぼく》と呼ばれる梅は、晋《しん》の武帝が学問に親しむと花が開き、怠《おこた》ると開かなかったということから、江戸座を飾るのにふさわしいと其角や弟子の二郎兵衛は思い、またそれ故《ゆえ》に、人々にはこの梅は其角の趣向ではないかと信じられているのであった。

其角や二郎兵衛など、この梅を好む人々は人一倍古木にひかれる傾向があり、今にも崩れ落ちそうで、忽《たちま》ち散ってしまう、真っ盛りの桜の木よりも、むしろ華やかさに目がくらむ春なのに、長い時を超えて生き貫《つらぬ》いている老樹に歴史の重さを感じる。

一年経つごとに、その重さは並々ならぬものになっていく。

今年も花は咲いた。

見事に咲いた。

年に一度か二度しか便りのないひとたちも、偶然か、それともわざとそうしているのかわからないが、この梅の時期に合わせて挨拶がある。春の挨拶に手紙をしためていたり、もらった手紙の返事を書いたりしていた。この時期になると仕事よりも手紙で忙しくなるのもまた風流であった。

其角が書斎でその返事をしたためていると、

「お頼み申し上げます」

階下から聞こえてきた。

「おい、二郎兵衛」

其角は手をぽんぽんと叩いた。

「はい」

二郎兵衛はすぐに書斎にやって来た。

「お客さまだ。どちら様か伺ってきてくれねえか」

其角は書き物を続けた。

二郎兵衛が客をもてなすことは常にあることで、師匠の其角よりも来客の顔を覚えていた。元来の物覚えの良さもあって、其角を訪問してくる何百人というひとたちでも一度見た顔はすぐに思い出せる。

この猪首《いくび》であばた顔の来客は水間沾徳の弟子で大高源吾《おおたかげんご》、また号を子葉《しよう》という赤穂浅野《あさの》家に仕える二十石五人扶持《ぶち》の下級武士であることはわかった。

「お待たせいたしました。何か先生に？」

「お忙しいところ失礼仕《つかまつ》ります。師匠の水間沾徳から其角先生宛ての手紙を預かって参りました」

「これはご丁寧に恐れ入ります。この手紙はしかと先生にお渡しいたします」

手紙を受け取った。

「ただいま、先生はお留守ですかな」

源吾がきいた。

「いいえ、奥におられます」

「是非ともご挨拶しとうございまするゆえに、大変お手数をおかけいたしますが、子葉が会いたがっていると伝えていただけませんか」

「少々お待ちを」

二郎兵衛は土間で源吾を待たせて、二階へ行った。

其角の書斎に入ると、手紙を前に差し出した。

「師匠、赤穂の大高さまでございます。先生にお会いしたいと仰っていますが、ただいまお忙しいとお断りいたしましょうか」

「なに、断ることはない。大高殿であったか。こちらへ入ってもらえ。座布団を出して、茶と菓子を持ってきてくれ」

「はい」

「あと、隣の酒屋に行って、酒でも買ってこい。きっと、大高殿は呑むであろうから、とりあえず三、四本だな」

「かしこまりました」

二郎兵衛が座布団を出してから、源吾を二階へ通した。それから、隣の酒屋へ行った。

「すみませんが、四本入れてくれませんか」

「いつものはないんです」

「え？　伏見のがないんですか」

「あいすいません、本日はそちらを仕入れておりませんもので。出雲《いずも》の国の酒は辛口で似た呑み口でございますよ」

「では、そちらを頂戴《ちょうだい》いたします」

二郎兵衛が言うと、店主は樽の栓を抜いて、徳利に酒を注ぎながら、

「紀文さんもお弟子さんなんだそうですね」

店主がにたつきながらきいてきた。世間のひとは紀伊国屋文左衛門と言うよりも、紀文とあだ名で言いたがった。

「なぜ、それを知っているのですか」

「世間の噂ですよ」

「はあ、噂というのは早いものですね」

「と、いうことはやはり紀文が？」

「その通りです」

「それにしても、先生は顔が広うございますね」

「ええ、何でも吉原で知り合ったとか」

「ははあ、すると先生の馴染みの女が紀文の馴染みだったたっていうわけですか」

「いえ、そうではないのですよ」

「では、紀文が吉原を一日借切ったときに何かの縁で呼ばれて、俳句を披露して、こんな面白い世界があるのかと唸《うな》らせたのでございますか」

「いやいや、それも違います」

「では、いったいどういうわけで」

店主は二本目の徳利に酒を注ぎはじめた。

「それが、吉原の茶屋の主人が紀伊国屋文左衛門に俳句を作ってほしいと頼んだらしいのです。しかし、酔っぱらっているときに頼まれたものだからいいものが出てこず、よく街角で張り紙がしてある『此の所小便無用』と書き殴ったのです。それを見て呆れた主人でしたが、たまたま近くにいた先生がその後に『花の山』と付け加えて俳句にしたところから、文左衛門さんが先生に惚れて弟子入りをしたそうですよ」

「すごい話ですな」

「まあ、先生から聞いた話ですから、本当かどうかはわかりません。また嘘八百かもしれませんので」

二郎兵衛は代金を払って、江戸座に戻った。

其角は源吾と差し向かいになっていた。

二人きりで話すのは、源吾が五年前の参勤交代で初めて江戸に来た時に一度だけである。いつもは師匠の水間沾徳やその他の俳諧師がいて、二人きりで話したいと思っていても、話すことができないでいた。

其角は源吾の訪問を喜び、どんな用があるのか気になった。ふつうであれば、何か手紙でも寄越してから来るものなのに、突然訪ねてくるのだから、余程のことであろうと思った。

もしかしたら、水間沾徳が何かをしでかしたか。いやいや、彼に限ってそれはないであろう。もし仮に、何かをしでかして自分に用があるのであれば、自ら訪ねてくるだろうから、大高源吾が来た理由は他にあろう。沾徳が病に倒れたり、何かの罪で投獄されたら、ここには来ることができないが、そういう噂もないし、来月の句会には来るという連絡をつい先日受けたばかりであった。そうすると、その線も消える。やはり大高源吾自身のことで頼みがあるのだと踏んだ。

「お変わりございませんか」

「ええ、なんとか江戸で勤めております」

「以前、句会でお会いしたのはいつでしたかな」

「もう半年ばかり前でございます」

「早いものですな」

「まったくです」

「沾徳は元気ですか」

「はい。先生に会いたがっておりました」

「はは、先月に会ったばかりなのにな」

沾徳が其角に会いたいなんてことはなかろう。それを思うと、真面目な顔をして答える源吾がおかしかった。

「それよりも、大高殿、一献、差し上げたいと思うのですが」

「有難うございます。しかし……」

「何かお急ぎで？　わざわざ大高殿が訪ねてこられたところをみると、沾徳さんの使い走りで来たわけではございますまい」

「はい、ご推察の通り、ただ手紙を届けにきたわけではありません」

其角は源吾が持ってきた手紙の封をあけた。

そこには、大高源吾が主家のことで頼みがあるから、力を貸してやってくれということが書かれていた。

「すると、浅野さまのことでいらっしゃったわけでございますか」

「実は、我が主君浅野内匠頭長矩《たくみのかみながのり》さまが勅使《ちよくし》の御馳走役を仰せつかったので、それに伴って、拙者はその補佐をすることと相成りました」

「勅使の御馳走役ですか」

其角はきいた。

「俗にいう饗応役でございますが、幕府は毎年、新年のあいさつとして高家を朝《ちよう》廷《てい》へ使いに遣るのです。それで、その答礼として勅使がお越しになるわけでありますが、その勅使をもてなす役割を仰せつかったのです」

「なるほど。大役でございますな」

「左様。これはしくじるわけにはいきません」

「では、大高殿もそのお手伝いでお忙しいのでありましょうな」

「何分私は初めてのことなのでよくわからないのですが、忙しくなるやもしれません」

「それは大変なことでございますから、お忙しくならないはずがございません。何かお困りのことがございましたら、お力になります」

其角が言うと、

「かたじけのうございます」

源吾は頭を下げた。その彼の顔にさらに何か頼み事がありそうに思えた。

「何でも仰ってください」

「はい、実は頼みがございます」

「何でございますか」

「其角先生にこんな頼み事をするのは大変恐縮でありますが、師匠から其角先生のところへお頼みすれば良いと言われましたので」

「そうですか」

其角は軽く頷いた。

「その頼み事と申しますのは、絵師を紹介してほしいのです」

「絵師？」

「はい」

「それなら、なにもそうかしこまることではございません」

「いいえ。先ほども申しました通り、主君浅野内匠頭長矩さまが御馳走役の大役を仰せつかったので、金が入用になります。先日、江戸城にて内匠頭さまが老中列座の中、近年勅使の御馳走が贅沢すぎるので、なるべく簡素にするようにと承ったのでございます。昨年の伊東出雲守《いとういずものかみ》様の入用帳を拝借して見ますと、千二百両の大金を使われたと知り、大変驚いております。それというのも、十八年前に内匠頭さまが御馳走役をなさったときには、四百五十両で済んだのでございます。金嵩《かねがさ》を抑えるとなれば、絵師などの費《つい》えになりますが、それも内匠頭さまの御意思にあらず、とにかく七百両で賄うことにいたしました」

「なるほど。それで、私に絵師を紹介してほしいというのですな」

「左様でございます。無理なお願いかもしれませんが、どうか紹介してはいただけませんでしょうか」

其角は少し考えた。

「絵師を紹介するくらいならいくらでもいたします。しかし、その絵師がうんと言うかどうかはまた別の話でございます。今の事情をお聞きしまして、報酬が少ないとなりますと断る絵師の方が多いかと思いますが、それでもよろしいですかな」

「ええ、百人に断られましても、たった一人にでもうんと言っていただければよろしいのでございます」

「そうですか。何も百人に当たらなくとも、わたくしの方で、適当な絵師を選びます。では、紹介状を書きましょう」

其角はそう言って筆を取り出した。

「大高殿はすでにご存じかも知れませんが、絵筆で幕府に仕える絵師は多くございます。これを御用絵師と称します。そのなかに、奥絵師と表絵師の二通りの絵師がおられます」

「奥絵師と表絵師……」

源吾は呟いた。

奥絵師は御目見《おめみえ》以上で、格式も高く、絵師でありながら帯刀を許されて旗本の扱いを受けている。この奥絵師は月に六度、江戸城本丸御殿にある御絵部屋に出仕する。一方、表絵師というのは奥絵師よりも格の低い御家人格で、奥絵師の分家や門人で独立を許された絵師のことである。

「奥絵師に頼めば金もかかろうものの、表絵師に頼むのであれば、それほどかからないでできるでしょう」

源吾は頷いた。

其角は紹介状を書いた。

すぐに達筆な文章をかきあげると、

「この文を渡せば役に立つでしょう」

「かたじけのうございます」

「それから二郎兵衛も連れて行くとよろしゅうございます。こいつも少しは役に立つかもしれませんので」

其角は二郎兵衛を付けることにした。

「二郎兵衛」

其角は呼んだ。

「これから大高殿を玉燕先生のところへ案内しなさい」

其角が言うと、二郎兵衛は源吾を見て襟《えり》を正した。

「お供させていただきます」

「二郎兵衛殿、よろしくお頼み申します」

「では、さっそく」

「参りましょう」

四

源吾は威張るような武士ではなかった。それは、町人の二郎兵衛に対して、見下さない態度に表れていた。

源吾は其角に対しては俳句の師匠の兄弟子であるから丁寧な言葉遣いであり、二郎兵衛には仲間に語りかけるような口調であった。

そのおかげか、二郎兵衛は源吾とは話しやすかった。

「大高さまはいつ江戸にお越しになったのですか」

「睦月《むつき》の末でござる」

二郎兵衛は足を急がせながらきいた。

「それで、いつまでこちらにいらっしゃるのですか」

「来年の春までだ」

「では、しばらくは江戸詰めということに」

「ええ」

「それは、それは。赤穂に帰りたくなりませんか」

「俳諧を嗜《たしな》むのであれば、江戸にいたほうがよほど良いくらいのものだ」

「そういうものでしょうか。私はそちらを嗜んでおりませんので、まったく無知なのでございますが……」

二郎兵衛は恥じるように俯いたが、すぐに顔を上げ、

「大高さまが作られた『秋風の嬉し悲しき別れかな』という句は胸に響いております」

「よく存じておるな」

「これは昨年作られたものですか」

「ええ。江戸を発つというので、其角先生や、師匠との別れを悲しみ、あの句を作るに至った」

「では、うちの先生は大高さまにも影響を与えているわけでございますね」

「そうだ」

源吾は力強く言った。

「それにしても、立派でございます」

「何がだ」

「お武家さまでありながら、俳諧にも通じるとは並大抵のことではございません。

さらに、秀《ひい》でた才能があるとは、恐れ入りました」

「何を言っているのだ。俳句をやっている武士なぞ、たくさんおる。赤穂にだって、拙者のほかにも多くいるぞ」

源吾は早口で言った。

「いえ、そういうお武家さまがたくさんいるということは、もちろん江戸座に訪ねてこられる方々を見ていればわかりますが、大高さまのように書物を残されているお方は少のうございます」

「書物を残すといえども、それを知るひとは多くないからな」

「何を仰いますか。先生もご存じでございますし、江戸俳壇で知られておりますよ」

二郎兵衛が言った。

「ところで、狩野玉燕先生というのはどちらにお住まいか」

源吾がきいた。

「御徒士町でございます。狩野派の中に下谷御徒士町狩野派がございます。玉燕先生は今年下谷御徒士町狩野派を継いだばかりでございまして、まだ十八歳と年は若《わこ》うございますが、お父さまの休伯《きゅうはく》先生の才能を受けついだ素晴らしいお方です」

「ほう」

源吾は期待している様子であった。

「以前、一年間江戸にいる間に御徒士町という場所は噂には聞いたことがあっても、実際に行ったことはなかった」

「まあ、何があるという場所ではございません」

御徒士町というのは、名前の通り、御徒士衆が住んでいるからその名前がついた。

何も他国の者が好んでいく場所でもない。

「半刻も歩けば着きましょう」

日本橋茅場町を出て、日本橋川に架かる江戸橋を渡り、そのまま真っ直ぐ、本船《もとふね》町《ちょう》、神田岩本町《かんだいわもとちょう》、神田川を越えて、佐久間町《さくまちょう》、松永町《まつながちょう》と歩を進めれば、半刻ほどで御徒士町についた。

昼八つ（午後二時）であった。

辺りは地名のごとく御徒士衆の屋敷や小さな大名家の上屋敷などが並んでおり、閑散としていた。

「あの少し大きなお家でございます」

二郎兵衛は大通り沿いの表長屋を指した。

「立派な家だな」

「ええ、当主の狩野玉燕先生のお父上である休伯先生が建てたお屋敷なのですが、これだけみても狩野玉燕先生のすごさがお分かりでしょう」

家の大きさは、ひとの偉大さだと二郎兵衛は考えていた。

狩野玉燕の家は、このあたりの屋敷と比べると大きくて立派である。

二郎兵衛は戸を開けて、土間に入ると玉燕の名を呼んだ。

「すぐに参ります」

奥から羽織袴を着て、扇子を持っているきちんとした背の高い男が出てきた。その男が狩野玉燕であり。年は若く痩せていて、目つきは鋭かった。声は高いが、妙に落ち着きがあって、威厳があった。

「ああ、二郎兵衛さん」

「ご無沙汰いたしております」

「いいえ、こちらこそ」

「先日唐獅子の金屏風を紀文さまよりいただきました。ありがとうございます」

「先生はお喜びでございましたか」

「ええ、もうあんな立派なものをいただいて、方々に自慢しております」

「それは作った甲斐がございました」

玉燕が微笑んだ。

笑っていないとツンケンしているような顔つきだが、笑えば愛嬌がある。

「本日は先生にお願いがありまして参りました」

「そうですか。では、こちらにお入りになってください」

玉燕は招きながら、源吾を見た。

「拙者、赤穂藩に仕える大高源吾忠雄《ただお》でございます」

「お初にお目にかかります。私は下谷御徒士町狩野派家元、狩野玉燕にございます」

「本日は故あって、先生にお願い事をしに参りました」

「私にできることでしたら何でも。まあ、お上がりになって待っていてください」

玉燕は先に二人を奥の座敷に案内した。

春だというのに家の中は寒々しかった。

座敷に行くまでの板敷きの廊下や作業場には顔彩《がんさい》、鉄鉢《てつぱち》、紙、絵絹《えぎぬ》などが散らかっていた。絵を描くのに畳はいらないと分かっていても、足裏に伝わる冷たさに玉燕はよく耐えられるなと思った。

二人は画材を踏まないように歩いた。

この座敷は来客用なのか、綺麗に片付いている。床の間には狩野派らしく富士の掛け軸が飾ってある。

大きな家なのに使用人はいないらしく、玉燕がお茶を運んできた。

玉燕は城中に勤めるような家柄ではないものの、依頼は多く、それゆえに懐は潤っていた。しかし、あまり贅沢をする性質ではないと見えて、酒も煙草も女遊びも博打もしない質素な生活をしているそうだ。

ただ、絵を描くことだけが好きなのだ。

それにしても、腕があるのだから、もっと高値を付けてもいいと思うが、金で仕事をするのではないという信念があるようで、安く仕上げる。

それも人気のひとつである。

天下広しといえども、こんな芯のある絵描きは他にいないと、江戸の町人の憧れであった。

また、玉燕は江戸っ子気質のせっかちらしく、

「何を描けばよろしゅうございますか」

と、単刀直入に言った。

こういうところも回りくどい世辞やら何やらがなくて、二郎兵衛も惚れているところであった。

「こちらが先生の文です」

源吾は丁寧に懐から手紙を取り出すと、

「まあ、そんな事をしてくださらないでもよろしいのに」

玉燕はざっと文に目を通した。

「金はかけられないけれども、勅使御馳走役に命ぜられて襖絵や屛風絵を作らないといけないというわけですな」

玉燕が的確に指摘した。

「申しわけございませぬ」

「何も謝ることはございません。わたくしは、金儲けで絵を描いているわけではございませんので」

「ところで、玉燕先生に頼むとなれば、おいくら必要でしょう」

玉燕は腕を組んで考え込むように、

「おいくらの予算でしょう」

「ざっと百両にございます」

源吾は言いにくそうに答えた。

表絵師は襖一枚十両程度かかるものを、何十枚も描かせるとなれば百両では当然足りないと分かっていた。

いくら何でもこれは安すぎると二郎兵衛も思ってはいたが、玉燕は表情を変えなかった。

「百両というのは少々安すぎる気もいたしますが」

「そこをなんとかお願いいたします」

源吾は額が畳につくほど、頭を下げた。

玉燕の顔は固まっていた。

二郎兵衛は横から口を出した。

「これは先生が天下に名を知らしめる好機でもあります」

玉燕は目を瞑って、考えだした。

しばらくして目を開けると、

「百両で引き受けましょう」

「有難うございます」

「いつまでに終わらせればよろしゅうございますか」

「来月、三月十二日の夜中までに終わらせていただければ」

「随分と急でございますな」

玉燕は言いながら、頭の中で、いつ、どうやって、どれくらい、仕事をすればその期限までに終わらせることができるかを考えているようだった。

「間に合いそうでございますか」

源吾がきくと、

「もっと早く終わらせることもできるでしょう」

玉燕は言い切った。

源吾は鉄砲洲《てつぽうず》の浅野家上屋敷へ帰った。

門をくぐり、御殿に入ると誰が話しかけてもそれをかわして、息を切らしながら内匠頭に面会を求めた。

内匠頭も源吾が会いたいとなれば、わけはたったひとつしかないことを知って、それをすぐに了承した。

「殿」

呼びかける源吾の声に覆いかぶせるように、

「どうであったか」

内匠頭は声を震わせていた。

「絵師が見つかりました」

「まことか」

「はい。下谷御徒士町狩野派の玉燕先生にございまする」

「でかしたぞ」

内匠頭の大きな声が座敷に響きわたった。

ほっとしているようであった。内匠頭も家臣たちもここ数日寝る間もなく、どうやったら御馳走役の費えを削れるか考えていた。

「よし、今夜からは安心して眠れる」

内匠頭の肩の荷は下りたようで、気分もよかった。

「やはり、源五右衛門《げんごえもん》のいうことを聞いてよかった」

絵師の費えを削ればと言い出したのは、小姓頭《こしょうがしら》の片岡《かたおか》源五右衛門高房《たかふさ》であった。

源五右衛門は内匠頭と同い年で、幼い頃から側に使えており、初めは百石であった俸禄が、十九歳のときに二百石、二十四歳で三百石、三十二歳で三百五十石と、出世の少ない元禄の時代において、主君の寵愛を受けながら、みるみるうちに出世をしていった。

それだけ信用されている家臣でもあり、内匠頭は源五右衛門の言うことに反対することはなかった。何かにつけて、「源五右衛門に聞いてみよう」とか、「源五右衛門が賛同するのであればよい」と言った具合であった。筆頭家老の大石内蔵助《おおいしくらのすけ》の次に意見を参考にする人物であったが、気心は一番知れていた。

その源五右衛門が言い出したものだから内匠頭も異論はなかった。

「良い考えじゃ」

と言ったが、その場にいた赤穂藩江戸家老安井彦右衛門《やすいひこえもん》は反対した。

「ならば、勅使に対し、何の絵もない襖を見せると申すのですか。それでは、殿はもちろんのこと、赤穂浅野家が末代まで恥をかくことになりますぞ」

と強く言われ、内匠頭もたじろいだ。

その席には上席家老の藤井又左衛門宗茂《ふじいまたざえもんむねしげ》もいて、藤井も安井彦右衛門に賛同した。

赤穂藩には家老が四人いる。城代家老大石内蔵助、上席家老藤井又左衛門、江戸家老安井彦右衛門、そして末席家老大野九郎兵衛《おおのくろべえ》。この四人が赤穂藩の在り方を決めている。そのうちの江戸にいる二人が絵師の費用を削るわけにはいかないと言っているから無下にするわけにもいかなかった。

「憚《はばか》りながら申し上げさせていただきますれば、赤穂藩にとって千二百両というのは、そう大した金ではございません」

と、藤井が言うと、

「左様でございます。赤穂藩は塩田《えんでん》事業は潤っております。この千二百両というのは確かに大金でございますが、赤穂藩にとってはどうということは一切ございません」

と、安井も言い切った。

内匠頭は源五右衛門を見た。

「確かに、この千二百両という額でいえばそうでございましょうが、殿は老中から御馳走の費えを抑えるように命じられているのですぞ」

源五右衛門は反対した。

内匠頭はこのとき優柔不断でどうするか決めかねていた。

「こんな時、内蔵助ならどう考え、またどのように行動するであろうな」

内匠頭はここにいる二人の家老よりも発言力があって、頼りになる大石の力が必要なようだ。

「大石殿も絵師の費えを減らすべきではないとお考えであると思いまする」

安井彦右衛門は言い放った。

「それは、どうしてであるか」

「恐れながら、大石殿は忠義のひと。我らが赤穂藩のことを誰よりも考えているに違いございません」

「うむ」

「大石殿が望むのは浅野家の名誉でございます。末代まで恥をかいて生きなくてはならないくらいであれば、老中に命じられようとも千二百両の大金を投じた方が得策かと思われます」

「しかし、千二百両を費やしたと老中たちが知れば黙ってはおるまい」

「なにも正直に報せなければ、誰も千二百両というのは気が付かないでしょう。老中ばかりにお気をつかっておられますが、この勅使御馳走役は高家旗本の管轄でございます。そちらの意見を聞いたほうがよろしいのではございませんか」

安井は強い口調で言った。

内匠頭は焦《じ》れたように扇で膝を何度か叩いて、困った様子で源五右衛門を見た。

確かに藤井と安井が言うように千二百両を使ったほうが浅野家の名誉のためにも

良いと思う。前年も千二百両である。それに匹敵する御馳走をするのにやはり千二百両もしくはそれ以上の金を掛けることが一番良い方法であるということは頭ではわかっていた。前年よりも質の低いもてなしをしたら、勅使も浅野内匠頭を良く思わないことだろう。しかし、頭でわかっていることと、心が思うことは違っていた。

老中にそんなに使わないように忠告を受けている。それが一番の問題であった。やっと赤穂浅野家の名があがってきたときである。ここでせっかく築き上げてきたものを失いたくない気持ちもあった。

数十年前に赤穂藩の逼迫した財政を立て直すために考え出した新しい産業が塩田事業で、開発に乗り出すために毛利《もうり》家から来た大野九郎兵衛の働きが大きかった。大野は赤穂の塩、又の名を花塩とうたって江戸で売り出すと、面白いように売れて江戸中の人気を博し大儲けをした。これにより、赤穂藩は財政を立て直し、なお赤字財政から黒字にまで転換することができ、大野は家老に取り立てられた。

内匠頭は大野の意見も聞きたかった。

そもそも安井が言ったように、この仕事に関しては老中よりも高家旗本の管轄で、それらの指示に従ったほうがよいと考えた。

浅野内匠頭は三人の前で、

「高家旗本に是非を問う」

と述べた。

五

高家旗本筆頭の吉良義央《よしひさ》は京に挨拶に行って留守であったから、高家肝煎《きもいり》の畠《はたけ》山義寧《やまよしやす》を訪ねた。

畠山という人物の経歴は異色で、もともと小姓《こしょう》をしていたが元禄元年に将軍徳川綱吉の怒りを買い非役となった。このときに、将軍への謁見《えっけん》を禁止されたが、日々の働きの成果もあり、元禄七年に謁見を許されて、元禄十二年には再び高家の役をもらう昇格をして、従五位下侍従に叙任して、下総守《しもうさのかみ》となった。

この人物は内匠頭にとって、接しやすかった。

「先日、御馳走役に就任するにあたって老中たちから費えをあまり掛けないように命じられたのですが、そのように取り計らうのがよろしいでしょうか」

内匠頭は畠山の判断に任せようと決めていた。

「老中がそう申していたなら、そういたしてください。毎年御馳走に掛ける額が法外でございまするゆえ、その方が御家への負担も少なくて、よろしいと思います」

畠山はきっぱりとそう言った。

内匠頭はその言葉にありがたみを感じつつもあることが気になっていた。

「しかし、御馳走の質が落ちたと勅使に思われはしないでしょうか」

「そこまでお気遣いをなされているとは恐れ入りますな。もし何か言われるようであれば、拙者が勅使にわけを話しましょう」

この言葉を聞けば安心であった。

内匠頭は御馳走の費えを七百両に減らすと決めた。

しかし、費えを減らすと決めたものの、どこをどれほど減らせば良いかという算段を内匠頭ができるはずはなかった。

「削る費えは何にすべきか」

また家老の二人と源五右衛門を集めた。

やはり安井、藤井両家老の返答は「削るべきではございません」の一点張りで、源五右衛門は「五百両であれば何とか削れるでしょう」と主張した。

もしここで、大石がいてくれたらと願うばかりの内匠頭であったが、赤穂へ早駕籠で行って、返事をもらって戻ってくるとなると、二十日以上かかり、到底そんな暢気《のんき》にしている暇はなかった。

「どうすればよいのだ」

内匠頭は困り果てて源五右衛門を見た。

源五右衛門が身を乗り出して、

「絵師の費えを減らすのがよろしいかと思われます」

と、先日と変わらぬ主張をした。

安井、藤井両家老はもちろんのこと反対した。

「絵師の費えを減らすというのは、何の絵もない襖を見せるということになります」

「そんなことはございません。安く、そうでございますね、百両くらいで引き受けてくれる絵師がいればよろしゅうございます」

「そんな都合の良い絵師がいるものでしょうか」

「探せばおるかもしれません」

「おそらく、いないでしょう」

話は平行線のまま進み、内匠頭は話を一旦留めておいて、後日決めることにした。

費えを減らすべきかどうかの話は鉄砲洲上屋敷にいる他の家来たちにも広がり、内々で議論が起こり、当然大高源吾も耳にした。

当然、他の家来たちも二派にわかれたが、どちらの意見がより理に適っているかということよりも、むしろ源五右衛門を慕うか、安井・藤井を慕うかの派閥争いになっていた。

源吾はどちらにも理があると思っていた。

しかし、源五右衛門の方が誠実で、従いたいと思っていた。

源吾はあることを思いつき、源五右衛門に折り入って話があると言った。

「片岡様は絵師の費えを減らすことが良いと思われますか」

「うむ。それ以外に削る仕方がなかろう」

「ですが、安井さまと藤井さまが仰るように浅野家の体面を保つのも重要かと思われますが」

「それはわかっておる！」

源五右衛門は苛立ったように声を張り上げたが、感情の激しさに気が付いたのか、ため息をついて、今度は声を低くした。

「わかっておるが、殿のお気持ちを考えれば、金のことで気を遣わせたくないのだ」

「その片岡さまの忠義のお気持ちは十分わかりまする」

源吾は源五右衛門の顔をじっと見つめた。

「お主はどう思うのだ」

「はい。恐れながら申し上げます」

「うむ」

「絵師を安く雇うのでございます」

源五右衛門の凝り固まった頭が少しほぐれていく気がした。

「それはわしも考えていた。しかし、安く雇える絵師がいるのであろうか」

「まだわかりません」

源吾はあえて断りをいれてから、

「この広い江戸八百八町を探せば、どこかしらにおられるでありましょう」

「だが、安く雇えるからと言って、どんな絵師でもいいということではないぞ」

と、源五衛門が言った。

「はい、心得ております」

「当家で絵師を雇う費えは百両ほどしかない」

「百両あれば十分でございましょう」

源吾は何も知らないで言った。百両という金は、源吾はかつて持ったこともなければ、滅多に目にするものでもなかった。

「いいや、絵師は高いぞ」

「そうでございまするか」

「ああ、わしもよくは知らんのだが、殿がそう仰っていたのを耳にしたことがある」

源吾はさっきまで威勢よく安く絵師を雇えると思っていたのに、何だか自信がなくなった。しかし、もう口にしてしまったことを引っ込めるわけには、武士の面目としていかず、

「それでも、本当に探せると申すのか」

源五右衛門は念を押した。

「はい、探して見せます」

源吾は返事をした。

　この日、大高源吾が床に就いたのは暁《あかつき》八つ（午前二時）くらいであった。特に寒い夜でもないのに、寝付けなかった。もう体は疲れていて、頭も休ませたいはずなのに、眠りにつけないでいたのは、考えごとがあったからだった。

なぜ、「探して見せます」と見栄を張って言ってしまったのであろうかと後悔した。源吾はたかが二十石五人扶持の下級武士である。絵師の知り合いなんかいるはずもなく、またずっと赤穂に住んでいたから、江戸にいる知り合いもそう多くはない。

「絵師の知り合いはいない。すると、誰かから紹介してもらわなければならない。絵師と交友関係のある知り合いはいないだろうか」と源吾は思った。そして、床に就いている場合ではないと、心のなかに焦りを覚え、数年前につけていた手記を取り出して開いてみた。元来、物事をすべて記録として残しておきたい大高源吾は、いつ、どこで、誰と会ったかということを事細かに書き残していた。その手記をめくってみれば、何か手がかりがあるかもしれないと思った。

その中に、『元禄九年十一月十八日　師水間沾徳先生、多賀朝湖《たがちようこ》先生と深川富岡八幡宮の近くで句会をひらき、その後酒を交わす』とあった。

この一文を読んだときに、多賀朝湖という人名に心浮きたった。

なぜなら、多賀朝湖は、暁雲《ぎようううん》という号で俳諧に親しんでいたが、元は狩野安信《やすのぶ》に入門していた狩野派の絵師である。それが、実力はあるものの酒癖が悪く、たったの二年で破門された人物であった。

この時、源吾の胸にはすでにひとつの望みが湧いてきた。

次の日、源吾は明け六つに起きた。

疲れが溜まっていたが、起きなければいけないような気がして布団を飛び出した。まだ太陽も昇っていない時分で、鳥が鳴きはじめるころであった。食欲はあるのに、朝餉《あさげ》をとることもなく、源吾は周りの者に気づかれないように鉄砲洲の上屋敷を出た。

源吾がどこかへ出かけようとしているところに、門番が声を掛けた。

「お早いご出立で」

「いやいや、このくらいから働かなくては。江戸の庶民はもうとっくに起きて、働きに出ようとするころである。拙者もぐずぐずしてはおられぬので」

「精が出ますな。どちらへ」

「深川の師匠のお家まで」

「俳諧ですか」

「いえ、勅使御馳走役のことで頼みごとをする次第でございまする」

源吾は出かけた。

鉄砲洲の上屋敷から師匠の深川佐賀町の家までは、四半刻も歩けば着く。朝早い時分のことであるから、商売人と顔を合わすことはあっても、知り合いの武士と出会すといったことはなかった。

ここで戸を叩いて大きな音をたてるのも近所の迷惑になるので、勝手口から入り込み、師匠が起きてくるまで待とうとした。

しかし、寝ていると思っていた師匠が居間で煙管《キセル》を喫《の》んでいて、目と目が合った。

「朝早くに申しわけございませぬ」

源吾は咄嗟《とっさ》に謝った。

「起きたばかりだ」

「おくつろぎのところを」

「まったく」

水間沾徳は苦笑いした。

「戸締まりはしたつもりだったのだが」

「勝手口があいておりましたので」

「そうであったか。勝手口から忍び入るなど武士がすることとは思えぬぞ」

「申しわけございません。これにはわけがございます」

「そのわけとは」

「話せば長くなるのでございまするが」

「短く話せ」

「はい。今を去ること二日ばかり前」

「それが厭なのだよ。二日前って言えばいいではないか。それをわざわざ今を去ること二日ばかり前なんて言っていたら、話が長くなる一方だ」

源吾は諫言《かんげん》されて、手短に主君浅野内匠頭の勅使御馳走役の話から、御馳走に金を掛けられないこと、そして絵師の費用を削ることを話した。

「なるほど、急いでいるのか」

「はい」

「それでこの時刻に来たというわけか」

「申しわけございませぬ。この時刻であれば、ご在宅かと思いまして」

「当たり前だ」

「師匠」

源吾は膝を乗り出すようにして、ただならぬ顔つきで沾徳を見た。

沾徳は煙管を置いた。

「多賀朝湖先生とはまだご懇意でありますか」

「最近は会っていない」

「そうですか」

源吾は静かに返した。

「多賀に会いたいというのか」

「はい」

「また、珍しい名前を出してくるものだな」

「多賀先生であれば頼むことができるかと思いまして」

源吾にはもう多賀朝湖しかいない。ここで、会えないとなると、すべてが崩れてしまう。

沾徳はそんな源吾の顔色を見て取ったのか、

「困ったなあ」

と、ため息をついた。

「実はな、多賀はもう江戸にはいないのだ」

「えっ、どちらにお住まいですか」

「三宅島《みやけじま》」

「そうだ、彼は罪人として島流しにあったのだ」

「三宅島というと」

「いったい何の罪で」

「それは私にもわからん。わからんのだが、捕まってしまった」

「それはあんまりでございまする」

「お上にとって何か目に余ることがあったのであろうな」

ここに源吾のひとつの望みが消えてしまった。

「師匠には絵師の知り合いがいらっしゃいますか」

源吾はきいてみた。

「おらぬ」

沾徳は静かに答えた。

源吾は他に誰を頼れば良いのかわからなかった。頭の中でどうしようかと考えていた。

沾徳は見かねたのか、

「其角さんのところへ行ったらどうだ」

「榎本其角先生でございますか」

「あの人は顔が広い」

「でも、先生とはあまり仲がよろしくはないんじゃ……」

「あまり話さないだけで、周りが思っているほど毛嫌いしているわけではない」

「そうでしたか」

源吾には意外であった。

「其角先生は確かに顔が広いと聞きますね」

「当然、絵師の知り合いもいるであろう」

「私のような者がいきなり訪ねて失礼に当たらないでしょうか」

「いや、心配するな。私が手紙を書いてやろう」

「ありがとうございます」

「其角さんとこの間会ったときにはうまく話せた」

沾徳は独り言のように言った。

源吾は手紙を書いてもらい、それを受け取った。

「それにな、子葉」

沾徳は源吾の号を呼んだ。

「其角さんは、お前の『丁丑《ていちゅう》紀行』を読んで感心していたよ」

と、急に思い出したように言った。

『丁丑紀行』とは、源吾が元禄十年七月九日に江戸を出て、東海道を通り、七月二十五日に播州赤穂に帰るまでを記した俳諧紀行文である。その中で、源吾は其角と沾徳の師である松尾芭蕉の墓参りに行ったことにも触れていて、そのことが沾徳を喜ばせた。そして、沾徳は『丁丑紀行』を俳諧仲間の其角にも見せて、其角もその才能と俳諧に対する姿勢に喜びを感じたのであった。

其角にも褒められたことを聞いた源吾は嬉しくなった。

「真《まこと》でございますか」

「ああ、本当だ」

「有難きお言葉でございまする」

「私も師として誇り高い」

沾徳は胸を張って、

「きっと、其角さんも助けてくれるであろう」

と、書いた手紙を封に入れて渡した。

そして、源吾は其角の元に行き、二郎兵衛に連れられて狩野玉燕に絵を描いてもらう約束を取り付けることができたのだ。

第三章　義

一

元禄十四年、二月二十日の朝。

其角は春の暖かい陽気のなか、今日も赤坂の山王社の拝殿の前で手を合わせていた。

源七が殺されて二月余り経つ。琴柱のためにも、下手人《げしゅにん》を探しださなければならない。だが、手掛かりはなく、其角ができるのは願掛けくらいである。

其角は好きな酒を断ち、十日間の願掛けをして、今日がその満願の日だ。

手を合わせながら、源七のことに思いを馳せた。

あの日、七つ（午後四時）、源七は深川の『扇屋』を出発した。源七の足の速さはわからないが、それほど不健康そうにも見えなかったし、かといって速く歩けるようにも見えなかった。年齢からしても、其角と同じかそれより少し上であろうと考えた。すると、其角は自分が普段歩く速さとして考えてみた。暮れ六つ（午後六時）には、着くだろう。

其角はお詣りを終えて、拝殿の前から離れた。

鳥居を出るとき、ふとため息をついた。

今日で満願を迎えたけれど、何の手掛かりもなさそうだ。

そういえば、源七が訪ねようとした大五郎のことを思い出した。その後、大五郎がどうしているかが、気になった。

其角は鮫河橋へ行った。

鮫河橋は足を踏み入れにくいところであった。

しかし、大五郎を訪ねるためには致し方がない。

一度来たことがあるので、道には迷わなかった。

相変わらず汚い長屋である。よくもこんなところに住むことができると思いながら、大五郎を呼んだ。

「ちょっと、待ってくれ」

しばらくして、大五郎が出てきた。

また酒のにおいがした。

「あ、この間の……」

「榎本其角だ」

「今日は何の用だ」

大五郎は顔をしかめて、面倒くさそうに言った。

「源七さんのことだ」

「源七さん？　近頃うちには来ていないよ」

源七が死んでから、もうふた月も経っている。

それを知らないのか。

大五郎はわざと惚《とぼ》けて知らない振りをしているようにも見えなかった。

「入らせてもらってもいいか」

「話は早く済ませてくれ」

「ああ」

其角は入って上がり框に腰を掛けた。

「で、源七さんがどうしたんだ」

「源七さんは死んじまったよ」

其角がしんみり言った。

大五郎の眠そうな細目が見開いた。

「死んだ？　どうして」

「殺されたんだよ」

「まさか。あのひとはひとに恨まれるようなことはしないだろう」

「恨まれて殺されたわけじゃねえ。辻斬りにあったんだ」

大五郎は口を喘《あえ》がせた。言葉が出てこないのだろう。

酒を茶碗に注いで一気にあおった。

其角は話を続けた。

「ここに金を届けに来る途中に殺されたんだ。もし、ここに金を届けるようなことがなければ死ななかっただろうな」

「………」

「おい、聞いているのか」

其角の声が大きくなった。

「聞いているよ」

大五郎は呆然《ぼうぜん》としていた。

「どうりで届けに来るのが遅れていると思ったんだ。俺のせいだな」

と、自分を責めていた。

「そもそも、毎月三両もの金はどうやってこさえていたか知っているか」

「源七さんの娘が城内で奉公をしているって聞いた。なにやら、将軍さまに見初《みそ》められて給金が多く出るってんで」

「違う」

「え」

「娘が深川の料理屋で働いていたんだ」

「でも、源七さんはそんなこと……」

大五郎の話を遮るように、

「お前さんに心配かけたくないから嘘をついたんだろう」

其角の声が被さった。

「源七さんはな、お前さんに助けてもらった恩をずっと忘れないでいたんだ。商売の才能がある方だからと言って、ずっと娘に三両の金を拵えさせて、渡していたんだ。何も呑み代をくれていたわけじゃねえよ」

ぴしゃりと言った。

大五郎は俯いて、持っていた茶碗を床に置いた。

「私はこれで人生を駄目にしたんだ。三両の金をもらうたびに何か商売をはじめようと思っていたが、つい呑みたいという欲に負けてしまっていたんだ」

其角も酒呑みとしてその気持ちは分かるが、目を掛けていた琴柱の金がそんなものに使われるのは悲しかった。

琴柱や源七を思い出して、代わりに大五郎に施してやろうという気になった。

「ここに三両置いておく。これで、商売でもはじめてみろ」

其角はぽんと小判を三枚置いた。文左衛門からもらった金ではなく、俳句で稼いだ金だ。

「いえ、こんなものを何にも知らない人にいただいては申しわけない」

「なあに、お前さんだって何にも知らない源七に五十両の金を渡したじゃないか。まあ、俺が遣る金は端金《はしたがね》だがな」

大五郎はじっと小判に目を向けていた。

「俺が真面目に働いていたら、源七さんは殺されなくて……」

目には涙が滲んでいた。

大五郎は酒を茶碗に注いだ。

そして、震える手で茶碗を口に付けたとき、

「もう、酒はやめよう。この酒のせいで、ひとりの命をなくしてしまったんだから」

酒を遠ざけた。

「いや、酒のせいではない。お前さんが酒に逃げていただけだ。もう一度商売をやり直す気があればできると、源七さんは思っていたんだ。この三両で何かはじめてみろ」

「すまねえ、俺はもう一度やってみる」

大五郎は三両に手を伸ばし、有難そうに小判を取ると頭を下げた。

「よかった。これで源七さんも安心するだろう」

「そういえば、源七さんが殺されたのは、あんたがここに来た日か」

大五郎が急に思い出したように言った。

「いや、その前の晩だ。たしか、七つに深川を出たから、それから一刻経つか経たないくらいだろう」

其角は答えながら、それがどうしたと思った。

「ちょっと気になることがあって」

「何だ」

「いや、これはたまたまかもしれねえが」

「なんでもいいから、教えてくれ」

大五郎がひと息ついて、

「実はその頃、金がたんと入ったって喜んでいた野郎を知っているんだよ」

「なに」

「すぐ近くに住んでいた野郎だ。そいつが何人か連れて遊女屋へ向かうのを見かけたんだ。俺はたまたま横を通り過ぎたときに、ちょっとした仕事をしてまとまった金が入ったっていうのを聞いた」

「でも、ちょっとした仕事をしてまとまった金が入るひとなんて沢山いるだろう」

「いいや、この辺りに住む者は、まず仕事さえまともにしないんだ。もう性根が腐っているからな。だから、まとまった金が入ったとなると、何か悪いことをしてきたんだって思うわけだ」

なるほど、この辺りに住む者は元々ちゃんと仕事をしないから、まとまった金すら持っていない。それに、まとまった金を手にしても大五郎のように浪費してしまう。みんな、呑む打つ買うが身について、そこから抜け出せないからこそ、この町に住み着いたのだと納得できる。

「なるほど、たしかにそう言われると気になるな」

「それに、そいつはつい先日引っ越したんだ」

「引っ越した？」

「ああ、たった一晩遊ぶ金を儲けただけじゃない気がするんだ」

「確かにな」

引っ越したわけというのは、儲けが増えたからか、この土地にもういたくないのだろうか。もし、その男が源七殺しに関わっているとすれば……。

「どこに引っ越したか知っているか」

「俺は特に親しくなかったから分からねえが、この長屋に住んでいる定吉《さだきち》っていうのが親しかったから、もしかすると知っているよ」

「その定吉と話せるか」

「ああ、家にいるんじゃねえかな」

「よし、案内《あない》してくれ」

「なんなら、俺が呼びにいこう。ここで待っていてくれ」

大五郎は板のようにすり減った下駄をつっかけて外に出た。

こんな狭くて汚い部屋で待つのは、時の過ぎるのが長く感じられた。

しばらくして、大五郎が小男を連れてきた。

「定吉でごぜえます」

その男は挨拶をした。禿頭で、無精ひげを生やしており、汚い格好で、町中であったら金でもたかられそうな風貌であったが、腰は低かった。おそらく、大五郎の口利きだからであろう。

「お前は金が急に入ったっていう奴の行き先を知っているか」

大五郎が其角の代わりにきいた。定吉は思い出すように顔をしかめていた。

「確か本所だと思います」

曖昧な返事だった。

「本所といっても広い。本所何町だったか覚えているか」

「えーと、なんて言ってましたかな」

と、考えて、

「そのひとは太助《たすけ》さんっていうんですけど、先日太助さんに、たんまり金が入ったから奢《おご》ってやるって言われたんです。どうしてですときいても教えてくれなかったのですが、もう俺はこんなところにいねえで引っ越すって言っていて、その時にどこへ引っ越すんですかときいたんですよ。ただ、それがどこだったか……」

定吉は首を傾げた。

「松井町《まついちょう》、林町《はやしちょう》、緑町《みどりちょう》、相生町《あいおいちょう》……」

其角は思い出させるために町名を挙げた。

「相生町です！」

定吉は大声を出した。

相生町といえば、あの松平愛之助の屋敷がある辺りだ。

「太助っていうのは、どんな奴なんだ」

「元々良家の子息だったらしいのですが、若い時分に女が原因で勘当されて、ここに住み着いたんですよ。だから、もう二十年近く住んでいたんじゃないですかね」

「どんな仕事をしていたんだ」

「さあ、鮫河橋では出身と稼業をきいてはいけない暗黙の了解のようなものがあるので分からねえですね。ここにいる者は誰しも叩けば埃《ほこり》の出てくる体ですから」

「そうか。何をしているか分からねえな」

「ええ、太助さんは元々良い暮らしをしていましたから、まともに働かないくせに、金についてては大層がめつかったですよ」

其角がこれから太助のところに行って、どうやって稼いだかきいても本当のことは教えてくれないだろう。ただ、今の話を聞いていると、金を渡せば話してくれるかも知れない。

其角は明日にでも相生町へ行ってみようと思った。

「そうか、ありがとう」

其角は礼を言って帰ろうとした。

「せっかくこんなに話したのですから、少しくらいいただけませんかね」

定吉は意地汚い顔で金を無心してきた。

「おい、よせ！」

大五郎がたしなめた。

「いや、いい。せっかく話が聞けたんだ。少しは持たせてやろうじゃねえか」

気前よく二分金を渡した。

定吉は金を受け取ると、嬉しそうな顔をした。

「ありがとうごぜえます。ところで、どうして太助さんのことをきくんです」

「実は俺の知り合いが赤坂山王社の裏手で辻斬りにあってな。そのひとが持っていた三十両の金も盗まれたんだ。そこで、その日から金使いが荒くなった奴がいると聞いてな。気になって話を聞いてみたんだ」

「そうなんですか。えーと、山王社の裏手で辻斬りっていうのは、ふた月くらい前でごぜえますか」

「そうだ」

「あっしはよく山王社の拝殿のあたりで物乞いをしているんですよ。ふた月前もしていました。実はあの時、怪しい侍を見かけたんですよ」

「なんだって」

「確かに、あの侍が辻斬りをしたんだと思います」

「顔を覚えているか」

「はい、はっきりと」

「どんな風体だった」

「背が低くて、ずんぐりむっくりしていました。それで、鋭く嫌な目つきで」

其角は話をしていて、おかしいと思った。あの辻斬りがあったときに下手人と思しき人物を見たというひとの言葉によれば、黒羽二重に丸ぐけの帯を締めて、赤鞘を差した大きな浪人であった。しかし、定吉はその浪人ではなく、背の低い、太った侍だと言った。

「それは確かだな」

「ええ」

「ちなみに、黒羽二重に丸ぐけの帯を締めて、赤鞘を差した浪人は見かけなかったか」

「いいえ、そんな浪人はいませんでしたね」

源七が殺された場所に行くまでには、山王社の拝殿を通らなければいけない。だから、定吉は通ったすべてのひとの顔を見ていることになる。

其角は不審に思いながら、江戸座へ帰った。


翌二月二十一日の朝、其角は二郎兵衛に駕籠を呼びに行かせた。

これから本所相生町に行こうとしていた。鮫河橋で聞いた太助という男に会うためだ。

駕籠が来ると、本所相生町に行く前に、八丁堀《はっちょうぼり》の紀伊国屋文左衛門の屋敷へ向かわせた。

通り道ではないが、唐獅子の金屏風の礼を言おうと思っていた。

文左衛門は屋敷にいた。

「これは先生、わざわざご足労いただきまして申しわけございません」

「いや、たまたま通り道だったから寄ったんだ」

「ありがとうございます。今朝、茶柱が立ったので何か良いことがあるなと思っていたのですが、まさか先生がお越しになるとは思いもしませんでしたよ」

文左衛門が其角を持ち上げた。

「それより、唐獅子の金屏風の礼を言うぞ」

「お気に召していただけましたか」

「ああ」

其角が言うと、文左衛門は嬉しそうな顔をした。

文左衛門はよくパッと来て、パッと帰るので、其角も挨拶だけで帰ろうとした。

「こちらを」

文左衛門は袱紗《ふくさ》に包んだ小判を渡した。

十両あった。

いつもの事であるが、さすが文左衛門は人の心を惹きつけるのが巧いなと思った。

八丁堀から日本橋茅場町に戻って、そこから日本橋川の三十間ほどの川幅を鎧《よろい》の渡しで向こう岸まで行き、蛎殻町《かきがらちょう》、元禄六年に架けられた新大橋を渡ると左に曲がり、しばらく道なりに一ツ目橋《ひとめばし》を渡ると、本所相生町には半刻くらいで着いた。

まず、自身番に行き、最近太助という男が引っ越してきたかきいてみた。調べてもらうと、太助という男は確かに引っ越してきていた。鮫河橋の定吉は、金が欲しいが為の出鱈目を言ったわけではないとわかって安心した。

太助の住むのは二間四方の割長屋だった。

鮫河橋と比べるとかなりまともな住まいだ。

その太助が住んでいる長屋から四十くらいの男が出てきた。

「おい、太助っていうのはお前さんかい」

「そうだが」

太助は出かけようとしていたのか、其角が横から声をかけると、面倒くさそうに首を回した。

その時、太助ははっとした顔になった。どこかで見たことのある顔であった。

其角が目を細めて考えていると、太助は居心地が悪いのか俯いた。そこで、其角は源七が殺されて、岡っ引きの貞蔵と話をしているときに、その下手人を見たと名乗り出た男であることを思い出した。

「いったい、何の用で」

太助が恐る恐る聞いた。

「あの辻斬りがあった日に金をたんまりと持って、数日後に鮫河橋から引っ越した奴がいると聞いてな。それで、ここまで訪ねてきたんだ」

「そうでございますか」

「まさか、その太助っていう男がお前だとはな」

「え、ええ……」

太助が肩身を狭くした。

「どうして、あの日金がたんまりと入ったんだ」

「どうしてでしたかね」

太助はとぼけた。

其角は鋭い目で睨んだ。

「お前がいくら持っているかは知らねえが、その金は亡くなった源七さんのじゃねえのか」

暗に源七殺しの下手人はお前だと言っているようなものだ。

「違いますよ」

太助は慌《あわ》てて首を横に振った。

長屋から誰か出てきて、其角と太助を見た。

太助は話を聞かれたくないのか、其角を家の中に招き入れた。まだ家具を揃えていなかった。其角は上がり框に腰をおろした。

「あの日に金が急に入ったとなると、怪しいだろう」

「でも、私は殺したりなんかしていないんですよ」

其角は太助は殺しに関わりがあると思っていた。

「お前は斬ったと思われる侍を見たと言ってたな」

「はい」

「どんな男だったか」

「黒羽二重に丸ぐけの帯を締めて、赤鞘を差した大きな浪人です」

「確かにそう言っていた」

太助は不安げな顔をした。

「お前は定吉を知っているな」

「鮫河橋に住んでいる定吉ですか」

「そうだ。その定吉はな、その日山王社で物乞いをしていたらしい。つまり、辻斬りのあった場所に行くには、必ず定吉の前を通らないと行けない。定吉はそんな姿の浪人を見ていないと言っていた」

「でも、定吉が見過ごしたってことも考えられますでしょう」

「たしかに、定吉が見過ごしたっていうことも考えられる。ただ、定吉はその日怪しい男を見たって言うんだ。それというのは、背が低くて太った侍だそうだ」

其角の言葉を太助は黙って聞いていた。目をおどおどと動かして、落ち着きがなかった。

「もしかしたら、私が見間違いをしていたかもしれません。最近、目が悪くなってきましたもので」

太助は目をぱちくりさせた。

「それはおかしいな。たしか、お前はその浪人の黒羽二重に付いている紋まで見たと言ったじゃないか」

「いや……」

「それに、その浪人に話しかけられたときに、西国の方の言葉を使っていたと言ったな。そうだ、以前大坂で会った赤穂の商人と似た言葉遣いだったと言ったではないか」

其角の鋭い質問に太助はまともに返事ができずに、ただ口ごもっているだけである。

「どうも、お前は何か隠しているな」

其角はどんどん追いつめた。

そして、黙りこくったところで、定吉と同じ二分金を太助の前に出した。

「まあ、俺だってただできこうってわけじゃねえよ」

「これは」

「本当のことを教えてくれたら、少しはやるよ」

「本当ですか」

太助は思案するように壁の一点を見つめた。

「まあ、お前が嘘をついていたと後で岡っ引きにでもわかったら大変なことになるだろうが、今白状したら、その人に脅されただけだって何にも咎められねえよ。俺が約束しよう」

其角がそう言うと、太助は安心したようにため息をついた。

「いや、でも二分は安すぎます」

「なに、二分が安いだと」

「もう少しもらってもいい価値はありますよ」

其角は考えた。

「では、三分」

「一両」

「取り過ぎじゃねえか」

「でも、黙っていることもできますよ」

「ちっ、じゃあ一両やるよ。これ以上は出せねえ」

「わかりました。それに、今から言う話は誰にも言わないでくださいよ」

太助は金を欲しがるように手を差し出して、其角はさらに二分を放り投げた。さっきまでの追い詰められた顔つきとは一転して、悪巧みをする時のように口元が片方だけつり上がっていた。そして、其角が差し出した金を両手でかき集めて懐へ入れると、

「ありがとうございます。では、お話ししましょう。確かに私は嘘をついておりました。実はある人に頼まれて、あのように言ったんです。その金でこちらへも引っ越してまいりました」

「なるほど。それで、お前に頼んだのは何ていう奴だ」

「えー、それをおききになりたければ、もう一両いただけませんか」

「何だって」

「私は罪を白状するのです。それくらいもらってもいいと思いますが」

「ちっ、汚ねえ奴だ」

其角は言葉を吐くと、

「そんなに金を無心するならもういいよ。今聞いたことを奉行所に言いつけてやる」

其角は腹立たしくなった。

太助は苦笑いした。

「いや、まあ落ち着いてください。じゃあ、もう少し安くしましょう」

「金をとるという了見が気に喰わねえんだ！」

「そこはお願いでございますよ。これが私の商売なんでございまして」

「金を取ろうとしたって、俺はそこまで持ってねえよ」

「先生の懐の膨《ふく》らみからすると、ざっと十両はあったはずですよ。それで、今私に一両渡したので、まだ残りはあるでしょう」

「たいしたもんだ」

其角はこんな酷い男ながら感心した。

「では、せめて二分だけでも」

其角は懐から二分取り出して、太助の前に放った。

「じゃあ、聞かせてもらおう」

其角は低い声で言った。

「私に嘘をつくように言ったのは、守屋三郎《もりやさぶろう》という侍ですよ」

「守屋三郎？　どこの藩のものだ」

「浪人です」

「なぜ守屋三郎はお前にそんな頼みをしたんだ」

「赤鞘の侍と何かあったんじゃないですか」

「守屋三郎とお前はどういう間柄なんだ」

「関わりなんかありません。あの日、たまたま鮫河橋にやってきて、目についた私に声を掛けてきたんです」

守屋は貧しい長屋の連中は金で動くと思ったのだろう。

「他に守屋三郎について知っていることはあるか」

「さあ、わからないですね」

「隠しているんじゃないだろうな」

「とんでもない」

太助は言い切った。

「そうか。守屋三郎とは会えるか」

「いえ、俺の前に現れたら叩き斬ってやると言われていますよ」

「そうか、わかった」

其角はこれ以上のことは聞けないだろうと思って、帰ることにした。

「また、御用の際にはどうぞよろしくお願いします」

太助に見送られた。

其角はまさかここまでわかるとは思わなかった。これも願掛けのおかげか。山王社のご加護があったのかと思った。

二

翌日の昼過ぎ。

「榎本其角先生はいらっしゃいますか。御用聞きの貞蔵でございます」

貞蔵が其角の家に今日も訪ねてきた。

岡っ引きは自らを御用聞きと立派な肩書きで名乗る。

二郎兵衛が取り次ぎ、二階の其角の書斎へ通した。

其角は貞蔵が何の用で来たのか思いあたった。

「辻斬りの件ですが」

貞蔵が口を開いた。

「わざわざすまないな。で、何がわかった？」

「実はあれから程なく、黒羽二重に丸ぐけ帯の赤鞘の刀の浪人が見つかっていたんです」

「あれから？」

「へい、ふた月前です」

「ふた月前からわかっていて、今まで何をしていたんだ」

「泳がせていたんです。確たる証《あかし》がないのです。その浪人の名は不破数右衛門《ふわかずえもん》です。落ちていた根付からその男に当たりました」

「不破数右衛門？　聞いたことのない名前だな」

「まあ、日本橋、神田界隈で幅を利かせている浪人でございますよ」

「ふうん」

其角は半ば聞き流し、根付のことを考えた。

なぜ、数右衛門の根付がそこに落ちていたのかと思った。数右衛門がたまたま近くで根付を落として、源七が拾っただけなのか。守屋がその根付を拾って現場に落としていったのかもしれない。

「しかし、同心の旦那からはこの一連の辻斬りは数右衛門の仕業であろうから見張っておけと命じられておりました」

「まあ、見張っていれば数右衛門が辻斬りをするかどうかわかるからな」

「そうなんです。もうこのふた月、辻斬りが起きていません。奉行所が見張っているからできないのだと、同心の旦那は言っています。ですから、数右衛門に違いないと言うのです」

「何と無茶な」

「わっしもそう思います。数右衛門は今までそのような厄介ごとを起こしたこともなければ、かえって町でのさばっている旗本奴の悪行を止めようとする、いわば町人の味方なんです」

「親分。奉行所はどうしても数右衛門の仕業にしたいのではないか」

「えっ、何ですって」

「俺もこの辻斬りを調べていて、わかったことがあるんだが」

其角が言い出した。

「なんでしょう」

「源七さんが殺されたときに、怪しい侍を見たと言った男がいただろう」

「黒羽二重に丸ぐけの帯を締めて、赤鞘を差した大きな浪人っていうことでしたね」

「実はそうじゃねえんだ」

源七が殺されたころに金がたんと入って、鮫河橋から急に引っ越した男がいた。その男を訪ねてみると実はあの怪しい浪人を見たという男であり、守屋三郎という侍に金をもらって怪しい浪人を見たと言うように頼まれたという話をした。

「実は私もあの男にもう一度話をきいてみようと思っていたところなんですよ。ちょっと引っかかるところがあったものでしてね」

貞蔵は其角がそんなことまで知っていることに驚いたようだった。

「先生がそこまで調べられていたとは思いませんでした」

真顔で唸った。

「守屋三郎という侍に頼まれたところまでは聞いたが、肝心の守屋三郎のことは何も分からない」

「それはわっしが調べてみましょう。そんな事をする者です。きっと、悪い噂があるに決まっています」

「そうか、俺も調べてみる」

「そうですか。では、また何かございましたら報せに来ます」

　貞蔵は帰っていった。

　貞蔵が再び江戸座へ来たのは、翌二十三日のことであった。

　其角はもう少し刻がかかると思っていたが、

「守屋三郎の正体がわかりました」

　と、貞蔵は言った。

「で、いったいどんな奴なんだ」

　其角はきいた。

「守屋三郎は、元は西丸《にしのまる》書院番《しょいんばん》士《し》、蔵米三百俵の旗本でした」

「書院番士？」

すぐに貞蔵が詳しく説明した。

「書院番士とは、徳川将軍直属の親衛隊です。ところが、朋輩《ほうばい》と喧嘩をして怪我をさせたり、金を借りて返さなかったりと不行跡を働いて士籍を剥奪されたそうです」

「いつ士籍を剥奪されたんだ」

「一年前です」

「一年前というと、辻斬りが始まった頃だな」

「そうです」

「それで、どんな風体なんだ」

「背が低くて、太った男だそうです」

定吉が見たという侍の風体だ。

少しずつ辻斬りに迫ってきているという実感があった。

「先生が鮫河橋で聞いたのと重なりますね」

「太助に頼んだ男だ。こいつが辻斬りのようだな」

「それに近頃、守屋がどうも本所の松平信望さまのお屋敷に出入りしているみたいなんですよ」

「やはりな」

其角は興奮して声が大きくなった。

自分の直感は当たっているかもしれない。

「ただ、守屋がどうやって、愛之助と繋がったかというのがわからないんです」

「書院番士と旗本の弟だからな」

其角は考えを巡らせた。其角にしてみれば、二人がどこで繋がろうが愛之助のやったことだろうと疑う気持ちに変わりはなく、配下のきつね目の侍が琴柱を殺した上に、別の仲間が父親の源七を殺したのだから、咎めを受けさせたい気持ちでいた。

「それで、親分は同心の旦那になんと話したんだい」

「守屋の名前を出したら、あまり良い顔をされませんでした」

「どうして」

「数右衛門と絞り込んだのに、また新たな者が出てくれれば面倒だからと言っていました」

「ちっ、ろくでもない奴だな」

其角が侮蔑するような顔をした。

「しかし、源七の亡骸の傍らに数右衛門の根付が落ちていました。今のままだと、数右衛門の仕業としか考えられないと同心の旦那も言っていました。近々、数右衛門を捕まえるかもしれません」

「いつだ」

「二、三日中にでも。奉行所の命令ですので」

「うーむ、愛之助に金でも掴まされているのか」

「そんな気がしないでもないですが……」

「そうだとしたら、酷い話だ」

其角は理解できないと言ったように、顔をしかめて首を振った。

貞蔵も同じ顔つきをした。

「これは本当かどうかは知りませんが、あることを聞きまして」

「何だ」

「旗本や御家人は相当不満が溜まっているらしいのです。戦乱の時代には合戦があって領地を広げられましたが、いまは出世するのも難しく一生いまの暮らしのままということだってありえる話です。それに加えて、俸禄は変わらないのに米や物の値が高くなったら今までと同じ生活はできなくなり、そういう憤りが旗本たちを荒れさせていると聞きました」

「それじゃ、町の連中はたまったもんじゃねえ。厄介を起こす旗本をしょっぴけばいいじゃねえか」

「できないんです」

「できないってどうして」

其角が腹を立てて言うと、

「いくら幕府は頂点に立っているからといっても、旗本たちがいっせいに不満を爆発させたら抑えることができなくなります。ですから、顔色を窺っておかなければいけないんだと」

「でも、それじゃあ、町人がかわいそうじゃねえか」

「それはお上もわかっているんですって。だから何か旗本たちを落ち着かせる策があればと考えて……」

「考えて？」

「先生は怒るかもしれませんが、旗本の起こしたことを町の厄介者のせいにしようってわけなんです。そうすれば、旗本に罪を被せることはないですし、町から柄の悪い連中が消えて一石二鳥というわけで。元旗本であっても、同じことが言えるんですよ」

「罪をなすりつけるってわけか」

「まあ、そういうわけです」

今までの旗本の悪行を、奉行所は知っていて握りつぶしているのだろう。

其角はお上に対する怒りを覚え、益々守屋三郎を捕まえてやると闘志をみなぎらせた。

三

二郎兵衛は其角よりも早く起きて江戸座の掃除をしていた。この日は珍しく其角がなかなか起きてこない。最近の多忙で疲れているのだろうから、遅くまで寝かせてやろうと二郎兵衛の思いやりで起こさないでいると、其角は起きるやいなや二郎兵衛を呼び出した。

「今何時だ」

「昼九つです」

「なに、こりゃまずいな」

其角は布団から飛び起きて、慌てて着替えをはじめた。

この日、二郎兵衛は其角から何の用があるか聞いていなかった。

「ちょっと出かけてくる」

「どちらまでお出かけなのですか」

「服部嵐雪のところで句会があるんだ」

嵐雪は名前に似合わず柔和な俳句を詠むのを好み、其角とはまったく趣向が異なるが、だからと言って互いに毛嫌いすることはなく、それなりに親しいつきあいをしていると、二郎兵衛は聞いていた。

嵐雪の句の中でも、「梅一輪いちりんほどの暖かさ」が有名であろう。

「今日はどのような句会ですか」

二郎兵衛がきいた。

「鶯《うぐいす》の兼題だ」

其角は気持ちが急《せ》いているので、言葉短めに言った。

句会のなかには規制や約束事を設けない当季雑詠というものの他に、あらかじめ用いる季語や言葉を決めておく兼題というものがある。今日の句会はそれだ。

嵐雪の庵《いおり》は深川にある。其角は句会に行くと理由をつけて、帰りに遊興にふけるつもりであろう。そういう事は今まで幾度となくあった。最近、辻斬りのことを調べたり、何かと忙しくて、そういう所への出入りもしていないから、たまには羽を伸ばしたい気にもなるだろう。

「いってらっしゃいませ。なるべくお早めにお帰りになってってください」

二郎兵衛が遊んで帰ってきてもいいけど、泊まりはしないように暗に言っている。

「ああ、大丈夫だ。一晩明かして帰ってくることはない」

「本当でございますか。いつも、同じことを仰っていますよ」

「そうか。ただ、今日という今日は本当に帰ってくるから、心配すんな」

「約束でございますよ」

と、見送った。

八つ半（午後三時）になった。

源吾が江戸座を訪れた。

「ようこそお越しくださいました」

「其角先生はご在宅か」

「あいすいません。先生は九つ半くらいに出られました」

「左様か。いや、先日の礼を言いに来たのだが」

「そうでございましたか。申しわけございません」

「いやいや、また来るから構わん。二郎兵衛殿にも礼を言いたかった」

源吾は深々と頭を下げた。その姿勢が妙にきれいだった。商人が深々と頭を下げても、どこかなよなよしくなるが、さすがは武士ともなると背筋もぴんとして、頭を下げても見事に堂々としていた。

「いえ、私は何もしていませんよ。先生に言われてついていっただけのことです」

と、言った。

二郎兵衛は、そんな姿に見とれながら、

「其角先生はいつごろお戻りになるか」

「服部嵐雪先生の句会へ行ったので、もうそろそろお帰りだと思います。お上がりになってお待ちになりませんか」

二郎兵衛が促した。

「では、そうさせてもらおうか」

源吾が家に上がり、一階の奥の坪庭の見える部屋に案内された。

二郎兵衛は茶を出して、

「ご公務がお忙しいのに、よく俳句まで」

「まあ、好きだからできるのだ」

「お疲れになりますでしょう」

「忙しい時は年に数回あるかないかだ」

源吾は何かとせかせかしていることが嫌いで、俳諧のような優雅な世界に興じるのが何よりの楽しみだと言った。

「まあ、赤穂というところは田舎《いなか》で長閑《のどか》だから、江戸にいるときくらいしか忙しくすることがない」

「へえ。わたくしなんぞは、勿論のこと、赤穂へ行ったことはございませんが、機会があれば是非行きたいものでございます」

「何もないところだ」

「ええ、何もないところへ行きとうございます」

源吾は嬉しそうに笑った。自分の故郷が褒められるのは嬉しいようであった。

「江戸もいいところじゃないか」

「江戸といっても広うございますから、各地それぞれ違うのでしょうけれど、私は深川で育ちましたので、深川が好きでございます」

「深川か。いいところだな。どうして、茅場町に越してこられた」

「いいえ、私は深川で十分満足していたのですが、うちの先生がこちらに江戸座を開いたもので、一緒についてきたまでの話ですよ」

「なるほど」

源吾は頷いた。

「大高さまは赤穂のお生まれで？」

「左様。二郎兵衛殿は江戸の生まれか」

「いえ、上総国の市原郡という辺鄙《へんぴ》なところで生まれました。もっとも、物心ついてから江戸に住んでおりますので、そちらへはたまに里帰りするだけです」

「お父上も俳壇のお方か」

「それが、私は妾《めかけ》の子どもで、父の正体を知りません」

「そうであったか。言いにくいことを聞いてしまったな」

「いえ、其角先生が私の父のようなものでございますから」

「そうか。どうりで息が合っているな」

「そう見受けられましたか」

ふと源吾が、

「先生は遅いようだ」

と、言った。

「そうでございますね。ひょっとしたら、句会の帰りにどこかに行ったのかもしれませんね」

「そうか。それでは、帰りが分からないから、拙者はもう引き上げるとしよう」

源吾は立ち上がると、

「先生はどちらに足を延ばすのか」

「さあ。東は千住《せんじゅ》、西は内藤新宿《ないとうしんじゅく》、北は板橋《いたばし》、南は品川《しながわ》、どこへ行くやら。最近は深川では遊んでいないようですが……」

「そうか」

源吾は困った顔をしていた。

「なにしろ、先生はあの通り、自由気ままなお方なので。でも、前はよく深川に行っていたのですけど、近頃は吉原かもしれません」

二郎兵衛が苦笑いした。

「吉原か。では、拙者は吉原まで足を延ばそう」

源吾は江戸座を後にした。

源吾は吉原の方角へ歩き出した。其角が江戸座を出たのが九つ半（午後一時）で、今夕七つ（午後四時）前だから、まだ吉原の夜見世は始まっていない。今から行けば夜見世のはじまるまでには着けるだろう。もっとも、其角が吉原へ行くかどうかは分からないが、その時は仕方がない。

そう思いながら、吉原への道の途中、浅草橋《あさくさばし》で雨が降ってきた。

源吾は雨というのが苦手だった。濡れるとすべてが厭になってしまう。どこか雨宿りができるところはないかと探すと、ちょうど半町行った先に、舟宿の灯りが見えた。そこで雨が通り過ぎるまで待たせてもらおうと思った。しかし、そう考えているのは源吾ひとりではなかったようで、中に入るとたくさんのひとで賑わっていた。ひとり小上がりで入り口を背にして酒を呑んでいる中年男の禿頭を見た。後ろ姿が其角に似ていた。

「先生」

源吾が声をかけると男は振り向いた。

「おお、大高殿ですか」

「やはり、先生でございましたか。実は先生を探していました。江戸座へ伺ったのですが、先生がいらっしゃらなかったので、吉原の方へ足を向けて歩いていれば会えるかと思いまして」

「よくおわかりで。私はここで呑もうと思っていまして」

「左様でございましたか」

其角は源吾が濡れているのに気がついた。

「雨が降ってきましたか」

「はい、ついさっき」

「これは困りましたな。すぐ止むといいのですが」

其角は言いながら、苦い顔をした。

「まあ、遣らずの雨ですな。仕方がない。もう少しここで呑んでいくことにしましょう」

其角は猪口に入った酒を一気に呑み干すと、徳利を振って中を確かめた。

「大高殿もどうです？」

「では、拙者もお言葉に甘えていただきます」

源吾も小上がりに座った。

其角は女中を呼んだ。

「徳利をもう一本持ってきてくれ」

「先生、お二階のお座敷をお使いください」

と、二階へ案内された。

二階には大小含めて三つ部屋がある。一番大きな部屋で十畳ほど、小さな部屋で四畳半ほどであった。

二人は小さな座敷に通された。

案内をしてくれた女中が一階へ下がっていったとおもったら、すぐに別の女中が徳利とお猪口を持ってやってきた。

「早いですな」

源吾が驚いていると、

「まあ、ここは女中がたくさんおりますから。結構、使える店なんです」

其角が言った。

隣の座敷からは野太い笑い声が聞こえ、さらにちがう座敷では賑やかに唄でもうたっている様子であった。

「大層にぎわっているようで」

「お武家さまも多いようです」

「この不景気によくこんなにひとが入るものですね」

「ここにいると不景気というのを忘れてしまいます」

「でも、拙者のような貧乏侍では、そうそう来ることのできる店ではございません」

源吾は苦笑して、

「ところで、どんな御家の方が多いのですか」

「さあ、それは分からないのですが、赤穂の方とはお会いしたことがありません」

「左様でございますか。それはよかった。こんなところで、家中の者と会いたくはないものですから」

「大高殿でもそのようなことを思われますか」

二人は声を合わせて笑った。

其角と源吾がそんな話をしているとき、近くの別の舟宿では、米沢《よねざわ》藩上杉《うえすぎ》家家臣深沢平右衛門《ふかざわへいえもん》が、高家旗本筆頭吉良家小姓の山吉新八郎盛侍《もりひと》と座敷で向かい合っていた。山吉は元上杉家の家臣であったが、吉良上野介《こうずけのすけ》義央の孫にして養子の義周《よしちか》が上杉家から吉良家へ来たときに一緒に吉良家へ召し抱えられ、三十石五人扶持を与えられていた。また、山吉の祖父は深沢氏からの養子であり、この二人は非常に仲が良かった。

「最近、上杉家はどうだ」

「相変わらずだ」

「殿が迷惑をかけているであろう」

「ああ、上杉家に多額の援助を要求してくるのには、家臣一同困っておる」

「そうよな。俺も元はといえば上杉の者だ。気にかかる」

「吉良と上杉を比べて、どっちがよい」

「それは決まっておるではないか」

「やはり、上杉か」

「当たり前よ」

山吉が言うと、深沢は相手に酒を注いだ。

「さすが、深沢と血がつながっているだけある」

「いくら上杉の殿さまの実の父だからといって、あの無心ぶりは目に余るものよ」

「貴公もつらい立場であるな」

「でも、殿は名君だ。金や米などを無心するが私腹は肥《こ》やさず、領民への施《ほどこ》しとしている」

「それは、名君に見られたいがために為すことではないのか」

「うーん、そう思わなくもないが、心根が優しいお方であるとは思っておる」

「そうか」

「何より仕事に真面目だ」

「悪い噂もあるが」

「悪い噂とは」

「知らぬのか」

「さっぱり」

「柳沢さまとのことじゃ」

「柳沢さまがどうしたというのだ」

「本当に知らぬのか」

「はなからそう言っているではないか」

「そうか。では、聞かなかったことにしてくれ」

「なにを今更。そこまで言ったのであれば、言ってもよかろう」

「知らないほうが良いかもしれぬ」

「世の中に知らぬが仏という言葉があるが、それは嘘じゃ。さあ、教えてくれ」

深沢は渋った。

「言ってくれ」

「怒るでないぞ」

「怒るはずがなかろう。ただ、言わぬと怒るぞ」

山吉が脅した。

「分かった、分かった」

深沢が呼吸を整え、

「柳沢さまが赤穂の塩田を欲しがっている。赤穂の塩田を柳沢さまが手にするためには、赤穂藩浅野内匠頭殿が改易にならなければなるまい。そこで吉良殿が、柳沢さまの任を受けて、何かしでかそうとしているというのだ」

と、一通り説明した。

山吉は嘲笑った。

「ははは、そのような戯《ざ》れ言《ごと》を貴公は信じるというのか」

「戯れ言だと」

「ああ、そうよ。殿は柳沢さまとそこまで懇意ではない。それなのに、その任を受けるのは不自然ではなかろうか。もし、そのようなことをしたければ、もっと身近で親しい者に頼むであろう」

「まあ、貴公の言っていることもわからなくはない」

「そうであろう」

「ただ、今度の勅使御馳走役を仰せつけられたのが浅野殿となると、これは偶然なのか、それとも何か力が働いているのか。考えてしまうの」

「たまたま、浅野殿に任命されたのであろう」

山吉は考えを改めなかった。


浪人は吐き気を催し、憚《はばか》りでひと通り吐き出すと、すっきりした顔になり、また仲間たちがいる座敷へ戻り宴の続きをしようと廊下を進んでいくと、通り掛かった座敷の前でなにやら柳沢がどうとかいう会話が聞こえたので、面白半分に耳を澄ましてみた。

すると、その会話は柳沢が陰謀を企てて、浅野を陥《おとしい》れようとしている。それに吉良が一役買うつもりだと言っていた。

浪人はこの会話を聞いてすっかり機嫌がわるくなり、特に浅野という言葉を聞いたときにはビクッとした。

浪人はそのまま不愉快そうな顔で仲間の元へ戻ると、そこにいた三名の連中が心

配するように、

「おい、どうした」

「どうしたも、こうしたもねえや」

「何があったんだよ」

「気に喰わねえ」

「だから、何があったっていうんだ」

浪人が徳利から手酌で酒を注ごうとすると、徳利は空であった。

「おーい、酒を持ってきてくれい」

と、大声をあげた。

「はーい、ただいま」

女中の声が聞こえると、それほど経たないうちに酒が運ばれてきた。

「遅《おせ》えじゃねえか」

「すみません」

「すみませんだと。何も謝って欲しくって言っているんじゃねえぞ。遅いから、遅いと言っているまでのことだ」

「気をつけます」

女中が謝っているが、浪人は声を荒らげた。

「それだけじゃねえ、酒もうまくねえよ」

「お口に合いませんでしたか」

「こんなもの、不味《まず》くて呑めるか」

「申しわけございません。うちでは、これくらいのものしか用意できません」

「おい、今聞き捨てならないことを言いやしなかったか」

「はい？」

「これくらいしか用意できないだと。俺がまともな武士ではないからこんなものしか出さないと言うのか」

「いいえ、お侍さまにそんなことを言ったつもりはございません」

「じゃあ、どういうわけだ」

「ですから、うちではどんなお客さまにも、これくらいの物しか用意できませんと申し上げたまででございます」

「ふん」

浪人はふてくされていた。

女中はひたすら平謝りをしていた。

「数右衛門、落ち着け」

他の浪人が叱りつけるように言うと、他の仲間が女中に詫びをいれた。

「申しわけござらぬ。酔いすぎているようだ。不愉快なことを聞かせてすまなかった。もう気にすることはないぞ」

女中はもう一度、お辞儀をして謝り、その場を立ち去った。

数右衛門と呼ばれた男は落ち着いたが、機嫌はまだ悪い。独り言のように不平不満を言い出した。

そこへ仲間のひとりが、

「おい、度がすぎるぞ」

と、叱りつけた。

「なに」

「酔っぱらっているっていうんだよ」

「別にこれくらいで酔ってはいねえや」

数右衛門は吐き捨てるように言った。

「静かにしろ」

「お前らには関係ないからいいが、向こうの座敷でどんな話が交わされていたか知らないから、そんなことが言えるんだ」

「何があった」

「どこの家臣かは知らないが、柳沢と吉良が謀《たばか》って、我が殿を陥れようとしているんだとよ」

数右衛門が言ったとき、そこにいた三人は互いに顔を見合わせた。

「真《まこと》か」

「ああ、そう言っていたぞ」

「それが本当ならば、浅野さまが勅使御馳走役になり、高家筆頭は吉良さまではないか。すると、その時に何かをしようというのか」

「そうかも知れんな。よし、そいつらを捕らえて詳しい話を聞き出そう」

「やめておけ」

と、他の浪人たちは引き留めた。

だが、数右衛門は部屋を飛び出した。

数右衛門が座敷に殺気だって乗り込むと、すでにそこには誰もいなかった。

「ちっ、一足遅かったか」

「でも、まだ酒を片付けていないところをみると、そう遠くへは行っていないはずだ」

後から来た浪人が言った。

「おい、勘定を済ましておけ。俺は先に探しに行く」

数右衛門は舟宿を飛び出した。

柳橋のあたりで、山吉と深沢を見つけた。

「そこの二人、止まれい」

後ろから大声をあげた。

二人は振り向くと、柄に手をかけてものすごい形相をしている数右衛門に気が付いたようだ。

「何奴」

二人は用心して自身の柄に手を添えた。

「さきほど、舟宿におっただろう」

「ああ」

「話を聞かせてもらった」

「話？」

「柳沢と吉良の話だ」

数右衛門が言うと、

「覚えがないな」

「何をとぼけていやがる。こっちはちゃんと聞いていたんだ」

「それは、お主の聞き間違いであろう」

「まだとぼける気か。まあ、よい。すぐに吐かせてやる」

山吉と深沢が顔を見合わせた。

「どうするというのだ」

山吉がきつい目でにらむと、数右衛門は刀を抜いた。

「ほお、わしに刃向かおうというのか。面白い」

山吉も刀を抜き、

「吉良家家臣、山吉新八郎だ」

と、名乗った。

「不破数右衛門だ」

数右衛門と山吉が怒鳴りあっている横で、深沢も刀を抜いた。

「こやつ、ただの浪人ではないかもしれない」

山吉に囁いた。

「どうしてだ」

「ただの浪人ごときが腹を立てることではなかろう」

「では、いったい」

「おそらく、赤穂の浪人だろう」

二人の会話に数右衛門が口を挟んだ。

「そうよ、俺は今はこんな姿になっているが、元は赤穂浅野家に仕える不破数右衛門という者だ」

「やはり、赤穂の者か」

「ここで浪人を斬るのは本意ではないが」

不破数衛門が斬りかかると、山吉はそれを鍔元で受けて、お互いに押し合いになった。刀身に加わる力は五分五分と見えて、力比べにどちらも倒れなかった。

やがて、二人はぱっと離れて、再び、刀と刀を打ち付けあった。

今度は、深沢と山吉が息を合わせて、数右衛門に切りかかった。しかし、数右衛門はひらりと身をかわし、山吉の後ろに回ると刀を振り上げて、鋭く振り落とした。

とっさのことであったが、山吉は身を翻し、刀で数右衛門の刀を受け止めると、力で押し返した。

「なかなかやりよる」

数右衛門が言うと、

「お主も浪人でいるには勿体ない才だ」

と、山吉が返した。

「吉良にも剣客がいたとはな」

「赤穂にも堀部安兵衛《ほりべやすべえ》の他に腕の立つものがいるとは知らなかった」

と、言い合った。

深沢が数右衛門に刀の先を向けようとすると、数右衛門の仲間の一人が駆けつけた。

「助太刀する」

仲間が声をあげて、刀を抜いた。

さらに、後ろからは二人の仲間も迫ってきた。

「敵は四人になった」

深沢は弱気なことを言った。

山吉は相手が四人であろうとも怯《ひる》むことなく、

「さあ、来い」

と、刀を振りかざした。

深沢は近くの男に斬りかかった。

山吉が数右衛門と残り二人を相手にした。

深沢が振りおろした刀が、相手の肩口を切りつけた。

「あっ」

数右衛門は斬られた仲間を見ながら声をあげた。肩口に血が滲んでいた。

「山吉、今だ」

深沢は言うと、二人は走りながら刀を鞘に納めて逃げていった。

四

「おや、雨が止んだみたいですな」

其角が障子をあけて言った。

「そろそろ、帰りましょうか」

「そうしましょう」

源吾が懐から紙入れを取り出そうとすると、

「大高殿、今日は私が払います」

其角が言った。

「いえ、先生。そんなお気遣いなさらず」

「お武家さまも近頃では大変でございましょうから、せめてもの気持ちでございます」

源吾は其角の厚意に甘えた。

二人は舟宿を出た。

「拙者が江戸座までお供いたします」

源吾が言った。鉄砲洲の上屋敷と茅場町の江戸座までは途中まで一緒だ。

柳橋に近づいたとき、三人の男が一人の倒れている男を囲み、なにやら切羽詰まった様子で話しかけていた。

倒れている男は肩口を斬りつけられており、血が滲んでいた。

まずそれに気がついたのが其角であった。

「大高殿、あれをご覧ください」

「どうしたんでしょう」

二人は近寄った。

斬られた男はうめき声をあげている。

「あ、お主は」

源吾が声を上げた。

其角はおやと思った。

大柄の浪人は、黒羽二重に丸ぐけの帯を締めて赤い鞘の刀を差していた。

「すまぬ、手を貸してくれ」

大柄の浪人が言った。

「とりあえず、どこかへ運ぼう」

「どこか開いていますかね」

「先ほどの舟宿でいいでしょう。あそこの店のひとには申しわけないが、すぐに使えるとしたら、あそこしかないだろう」

其角が言った。

源吾は浪人たちと一緒に舟宿に斬られた男を運んだ。

「知り合いの医者がおる。すぐに連れてこよう」

其角は大柄の浪人が気になったが、駆け出した。

「どうか、二階を貸してくださいませんか」

数右衛門は舟宿の亭主に事情を説明した。

ここの亭主というのが、なかなかの好人物で迷惑な顔ひとつしないで二階の部屋を使わせてくれたばかりか、手当に必要であろう水や布まで用意してくれた。さらに、亭主は傷の手当には慣れているのか、てきぱきと傷口を清潔にして止血した。

「傷は深くないから、命に別状はなさそうだ」

「そうですか。それは良かった」

数右衛門は少しは安堵した様子であったが、

「一太刀で仕留められなかった俺のせいだ」

と、自分を責めだした。

「いや、そなたのせいじゃない」

「そうだ、あんなに剣が達者だと仕留められるものではない」

他の仲間が慰めた。

源吾は数右衛門の顔を未だに思い出せないでいた。

しかし、江戸で出会ったことはないような気もしていた。そうすると、赤穂で出会ったことになるが、はたして赤穂の浪人が江戸にいるのだろうかとも思った。

「もし、そこのご浪人」

源吾が数右衛門に話しかけると、数右衛門はさっき取り乱していたときと、顔つきが変わって、

「なにか」

「貴公はどこかで拙者と会ったことはあるまいか」

「いや、お会いした記憶はない。だが、俺は物覚えが悪いものだから、もしかするとどこかでお会いしているかもしれない」

数右衛門は言った。

「拙者もどこで会ったのか覚えておらんので、貴公にききたいと思ってな」

「勘違いじゃないか」

「拙者の思い違いということは十分に考えられることだが」

「俺はまったく分からない」

「そうか。ところで、貴公は名をなんと申す」

「え？」

「名前はなんであるか」

「いえ……それは、勘弁願いたい。俺は浪人だが、こんな騒ぎを起こしたとなれば、かつて仕えていた主君にも迷惑がかかるといけない」

「決して、貴公の元の主君の迷惑になるようなことはしない」

源吾が鋭いまなざしで言うと、数右衛門も多少迷った様子で頭を掻いた。

「本当に口外しないでもらいたい」

「もちろんである」

「それなら名乗ろう。今はこんなやくざのような風体で、口の利きようも悪いが、元はれっきとした武士だった。不破数右衛門正種《まさたね》と申す」

「不破数右衛門正種……」

源吾は繰り返した。

「して、どこの藩であった」

源吾がきいた。

「まあ、仕方がない。話すか。俺は赤穂だ」

「なに、赤穂？」

大高源吾は驚いた。

「お侍さんは赤穂という土地を知っているか。片田舎だが、いいところだ。花塩というのがある。花に塩と書くあれだ。あれは赤穂で取れた塩だ。それが、赤穂の誇りでもある。あと、赤穂には水道がある。江戸にも水道がある。江戸っ子の誇りは水道で、啖呵《たんか》を切るときだって、こちとら水道が通っているんだい、と言うが、赤穂はその江戸の水道より遥かに優れているんだ。いや、江戸の水道を見下しているわけではない。赤穂の水道は沈殿、濾過《ろか》ができる」

数右衛門にはさっきの酒がまだ残っていたのか自慢げに言った。

「赤穂で不破……。すると、もしかして、馬廻り役の不破殿でござるか」

「どうして、それを」

「やはり」

源吾は姿勢を正して、深々と頭を下げた。

「大変失礼なことを致しました。拙者、赤穂藩浅野内匠頭家臣大高源吾忠雄と申します」

「なに、赤穂の者か」

数右衛門は驚いて、目を見開き、

「頭を上げてくれ。今は浪人なんだ」

と、頭を上げるよう手ぶりで示した。

「俺はもう武士の面影もないただのやくざ者だ。決して大高さまに頭を下げられる覚えのあるような身分ではない」

「いえ、不破殿と拙者では身分が違いました」

「それは昔の話だ」

「けれども、昔の話ではあっても、こんな失礼なことをしては面目がございません」

「俺はもう身分のある者ではない。それに不祥事を起こして、藩を追われた男です。そんなもんに頭を下げるのはお門違いだ」

源吾はようやく頭を上げた。

少し間を置いて、

「失礼なことをお伺いしますが、なぜ不破殿は浪人などなさっておられるのでございまするか」

「言っても信じてもらえないかもしれないが、俺は殿から路銀を受けて浪人の身分になった」

「殿から路銀を？」

源吾は次の言葉が出なかった。

数右衛門はひとりでに話を続けた。

「恥ずかしい話だが、俺は赤穂で新刀の試し切りをしていた。刀屋から試し切りを頼まれた。試し切りと言っても、刀屋の奉公人が墓で亡骸を掘り起こして斬るんだ。或る晩、いつものように刀屋の奉公人が墓から亡骸を掘り起こすと、俺は斬りつけた。しかし、どうもいつもの感触と違う。はて、俺の腕が衰えたのだろうか、と心配になったが、その亡骸と言うのは、背丈は大きいがどうも体つきが丸っこくて、すぐさまこれは女の亡骸を斬ってしまったと気づいた。俺は亡骸であろうと女を斬ることはしない。しくじったと思ったと同時に、無性に腹が立って奉公人を叱りつけた。そしたら、奉公人が亡骸をそのまま放置して帰ってしまった。あくる日、その亡骸を倅に見つけられてしまったんだ。その男は、母になんてことをしてくれたと怒り、奉行所へ訴え出た。すぐさま、奉行所のほうで斬った男を探したのだが、どこで誰に見られたか、俺がやったっていうことが分かってしまった。その事はすぐに殿の耳に届いたそうだ。しかし、俺の仕業となれば、事は大きくなる。赤穂の百姓、町人は黙っていないだろう。ただでさえ、百姓は塩田事業でこき使われて不満が溜まっているときだった。そこで、殿には以前から目をかけていただいていたこともあり、俺に路銀を下さり、浪人になってくれと仰った。俺は何も返す言葉がなく、その路銀を受け取って、その晩、誰にも見られぬように赤穂を発って江戸へ向かった。その後、殿が不破数右衛門は試し切りのその時、赤穂にはいなかったはずだと言った。俺の仕業ではないように図ってくれた」

源吾はただ頷いて、その試し切りが赤穂領内で起こったことを思い出した。

あの時、源吾はよく事情を知らなかった。

ただ、不破数右衛門という名前を口に出しただけでも、こっぴどく叱られたことを思い出した。

そして、家老の大石内蔵助や大野九郎兵衛が、不破数右衛門などという名前は聞いたこともないと怒ったように言っていたことが、今ようやく納得できた。

「大高殿、俺のことは赤穂の者に会っても話さないでもらいたい」

「もちろんでございます」

「もう殿にも迷惑はかけられない。あの事はなかったことにしたいと思っている」

「そのことをご存じなのは、殿とごく僅かな方々でありますか」

「大石殿と大野殿はご存じかと思うが、藤井殿と安井殿はご存じではないと思う」

「決して不破殿のことは口外いたしませんので、ご安心を」

と、約束した。

源吾は数右衛門がどのように生きてきたのか気になった。

「江戸へ出てどうしたのでございますか」

「江戸で刀剣の目利きや料理屋の用心棒などをしている」

数右衛門は恥ずかしそうに答えた。

そして、もうひとつ気にかかることがある。

さきほどの乱闘のことだ。

「不破殿、もうひとつお聞きしてもよろしゅうございますか」

「何か」

「これは拙者の興味本位でございますから、言いたくなければよろしいのですが、先ほどの斬り合いはなんだったのでございまするか」

「俺は浪人になっても殿を恨んでおらず、また殿にかけていただいた恩を忘れたことは一度もない。だから、何か殿の身に災いが起こるようなことがあれば、すぐに命を懸けるつもりだ」

そう言って、数右衛門は続けた。

「先ほどの店で、憚りから座敷に向かう途中、ふと通りかかった座敷から何やら話し声が聞こえてきた。話しているのは男二人、話し方からして立派な武士のようだった。その二人が、柳沢と吉良という名前を出して、陥れようとしているというので、耳を近づけてよく聞いてみた。そうしたら、なんと殿の名前が出てくるではないか。柳沢と吉良が赤穂の塩田が欲しいがために、殿を陥れようとしているというのだ。それが本当かどうかはわからない。しかし、もし本当であったら黙ってはおれないと、一旦座敷に戻ったが、気になってならず白状をさせようと思って、その座敷に乗り込んだ。だが、すでに奴らはいなかった。俺も急いで外へ出て、奴らを探すと二人組の武士が歩いていたから、さっきの話について問い詰めた。相手はとぼけたので、それから斬り合いになった次第だ。相手のひとりは吉良家家臣山吉新八郎と名乗っていた。こいつがなかなかの剣の使い手で、俺と互角、いやもしかすると俺以上の力だった。しかし、すぐに俺の仲間がやってきて、それでこっちは四人もいるので捕らえられるであろうと思ったところを仲間のひとりが斬りつけられた」

と、語った。

大高源吾は不破数右衛門の話をじっくり聞いていた。

浪人になっても殿への思いは変わっていない。なんと忠義な人だろうと、源吾は思った。

しかし、数右衛門が聞いた話は本当だろうか。本当だとしたら、由々しきことだと、源吾は不安になった。


其角が医者を引き連れてやってきた。

年は其角と同じくらいで、まん丸の顔に髭《ひげ》を蓄えた、恰幅のいい男だった。

医者が斬られた男の傷を診た。

「傷も深くないですし、薬を塗っておきましょう。しばらくすれば痛みも取れるでしょう」

と、診察した。

仲間うちで話したいことは山ほどあるものの、あまり長居をして迷惑をかけるといけないというので、数右衛門は其角にも丁寧に何度も頭をさげて礼を言って帰ろうとした。外では暮れ六つ（午後六時）を知らせる鐘が鳴った。

「鐘が鳴っていますね。この鐘は本所でしょう。俺の家の隣でも鐘は鳴っています。いつもなら、家にいるので音が響いて迷惑をしているのですが、ここから聞くとなかなか良いものだ」

数右衛門はしみじみ言って、

「おっといけねえ。早く帰らないと。もう帰らせていただきます。また、改めて挨拶には参りますんで」

と、其角らに頭を下げて外へ出た。

其角と源吾は数右衛門たちを見送った。

「もうこんな時分か」

其角も刻を気にして、舟宿を出た。

とんだことで刻が過ぎてしまった。おそらく江戸座で留守番をしている二郎兵衛は心配しているであろう。源吾も屋敷へ帰らなければなるまい。

「ところで、先ほどの黒羽二重の大柄なご浪人はお知り合いでございますか」

はじめ道ばたで見かけた時に、源吾はあの浪人を知らないようであったが、其角が医者を引き連れて舟宿へ来たときには旧知の間柄のように話していたので、其角は気になってきいた。

「申しわけございません。口外しないでくれと言われたんです」

「そうですか。では、私が尋ねますが、不破数右衛門殿ではありませんか」

「どうしてそれを」

源吾が驚いたようにきいた。

「やはり、そうか」

其角は一連の辻斬りが数右衛門の仕業と疑われていることを言おうかどうか迷った。

岡っ引きの貞蔵からもその事は言わないように告げられている。

もちろん、実際に数右衛門が辻斬りで、源吾が数右衛門に町方から疑われていることを告げれば、自分のせいで数右衛門を逃がしてしまうかもしれない。

ただ、貞蔵も数右衛門の仕業ではないと睨んでいるし、其角にしてみても守屋三郎の件もある。数右衛門の仕業ではないと思っていた。

やはり、源吾には説明しよう。

「実は不破殿に一連の辻斬りの疑いが掛かっている」

源吾は驚いていた。

「えっ、不破殿に？」

「ええ、ただこれは複雑でして、不破殿の仕業ではないと岡っ引きも考えているそうです」

「すると、なぜ不破殿の仕業だと」

「おそらく、守屋三郎という浪人が絡んでいるのではないかと」

「守屋三郎……」

「ええ、それにはわけがございまして」

嘘の証言をした太助とそれを頼んだ守屋、そして守屋が愛之助の庇護のもとに暮らしていることを話した。

「では、それを隠すために、不破殿のせいにしようというわけですか」

其角は黙って頷いた。

「不破殿が辻斬りなどするようには思えません」

其角は数右衛門に疑われていることを教えてやらなければならないと思った。

「不破殿のお住まいはどちらか分かりますか」

「いえ、わかりません」

「そういえば、近くで時の鐘が聞こえると言っておりましたね。そして、本所の鐘ではないと言っていました」

其角はそこからわかると思った。

江戸では鐘を撞くのは九カ所あり、本石町《ほんこくちょう》、上野《うえの》寛永寺《かんえいじ》、市ヶ谷《いちがや》八幡《はちまん》、赤坂円《あかさかえん》通寺《つうじ》、芝《しば》切通し、目白《めじろ》不動《ふどう》、浅草寺《せんそうじ》、本所横堀《ほんじょよこぼり》、四谷《よつや》天龍寺《てんりゅうじ》であった。

時の鐘は、捨て鐘と呼ばれる撞き方で、時刻を告げる時打ちの鐘を撞く前に、三度撞いて鳴らした。これは、一つ前の寺の捨て鐘を聞いたら、すぐに次の寺で鐘が撞けるようにするためである。時の鐘は、前の寺の鐘の音が必ず聞き取れるような位置にあった。

柳橋で呑んでいたのだから、住まいは近くだろう、すると、本石町、本所横堀、浅草寺であろう。

本所ではないと言っていたからには、本石町か浅草寺であろう。

そう思ったとき、貞三の話を思い出した。不破数右衛門は日本橋、神田界隈で幅を利かせていると言っていた。

本石町だと、其角は思った。

本石町は日本橋地域の最西端で、常盤橋《ときわばし》の隣である。

ここはどこよりも早く鐘を撞く。

「恐らく、本石町でしょう」

其角が言った。

「本石町？」

其角は本石町がどの辺りに位置するかを説明した。

「私は明日不破殿を訪ねようと思います」

其角が言うと、

「わたくしも一緒に伺います」

「ただ、不破殿は見張られている身です。そこに大高殿が出向いたとなれば、奉行所に報告されて、大高殿もあらぬ嫌疑をかけられてしまうかもしれません。浅野さまの勅使御馳走役が終わるまで、あまり目立ったことはしないほうが良いと思います」

源吾は出向かない方が良い気がした。

「そうでございますね。では、先生に不破殿のことはお任せいたします」

其角もひとりで行く気でいた。

五

翌日の昼四つ（午前十時）。

「今日は本石町に行く」

其角は二郎兵衛に言った。

前日に不破数右衛門と会ったことを話していた。二郎兵衛も偶然の出会いに驚いていた。

其角はひとりで数右衛門に会いに行くつもりだったが、用心棒の代わりに二郎兵衛を同行させた。

本石町には有名な長崎屋がある。薬種問屋であって、この商家は旅宿も兼ねており、出島《でじま》にあるオランダ商館長が将軍に謁見するために江戸へ来たときの定宿として使われている場所だ。

俗に江戸の出島と呼ばれるほどで、商館長が滞在中には多くの人々が異国人を一目見ようと押し寄せる。西洋文明を研究している学者が面会しに来る場所でもあった。

其角も一度オランダ商館長と面会しようと来たが、断られてしまった。

本石町に置かれた鐘は、この長崎屋のすぐ側であった。

数右衛門は近くに住んでいるはずだ。

「ちょっときいてみよう」

其角と二郎兵衛は長崎屋へ入った。

「これは其角先生」

店主が笑顔で声をかけた。

以前、一度来ただけなのに覚えているようだ。

「あの節は失礼を致しました」

「いえいえ、オランダ商館長もお忙しかったようで、面会が叶わなくて申しわけない限りでした」

形だけの挨拶をした。

長崎屋もあまり暇ではないだろうから、用件を素早く伝えた。

「この近くに不破数右衛門という男が住んでおりませんか」

「ああ、大柄な赤鞘の浪人さんですね。ちょうど角を曲がった裏長屋の左端ですよ」

「そうですか。助かります」

「そのひとに会いに行くんですか。さっき、出かけていくのを見ましたから、今は家に居ないと思いますが」

店主は親切に教えてくれた。

やはり、不破数右衛門はこの辺りで知られているようだ。

鐘が近くで鳴った。確かに音は大きく聞こえるが、耳障《みみざわ》りではなかった。

其角と二郎兵衛は裏長屋の左端の家の前に立った。

鐘の音が消えると、すぐに数右衛門が帰ってきた。腕を組みながら、険しい顔をしている。

「不破殿」

其角が呼びかけた。

数右衛門はびくついたように顔を向けた。

「あ、これは。よくここがお分かりで」

其角だと分かり安心したようだ。

「鐘が近くで鳴るということから、本石町にお住まいだろうと思いましてな」

「私はそんなこと思いつきませんよ。まあ、入ってください。何もないところですが」

数右衛門は家の中に招き入れた。

独り身らしく何もない殺風景な部屋だった。

数右衛門は、初めて顔を合わせる二郎兵衛に軽く頭を下げた。

「二郎兵衛でございます」

「不破数右衛門だ」

挨拶を交わした。

其角が腰を下ろすと、二郎兵衛と数右衛門が続いて座った。

「昨日は仲間を助けていただいて、ありがとうございました。こちらへはどんな御用でいらっしゃったんでございますか」

数右衛門がきいた。

「ちょっと、お話がありましてな」

「お話？　何か良からぬことでございますか」

数右衛門は不安そうな顔をした。

「まあ、良いことではありませんな」

「私も、まともなことをして稼いでいるわけではございませんので、悪いことと聞くと恥ずかしくて穴があったら入りたいくらいでございます」

数右衛門は顔をうつむけた。

武士の面子《メンツ》をなくしたことを恥じているようにも見えた。まともなことをしていないとは言っても、辻斬りなどするはずはないだろう。大体、浪人や下級武士がすることは、傘の張り替えや、刀の目利きなどであろう。いくら腕が立っても、剣術を教えて生計《たつき》を立てているということもなかろう。

其角は言い出し難かった。

「不破殿はここ最近起きている辻斬りのことをご存じですか」

「ええ、知っております」

「実は不破殿が疑われているんですよ」

数右衛門は眉間に皺を寄せて、顎を指でつまんだ。

「なるほど、合点しました」

落ち着いた声だ。

其角は何が合点したのか気になった。

「いや、近頃ずっと付けられているような気がしたんですよ。おそらく、岡っ引きでしょう。私はどうしてだろうと、ずっと不思議に思っていたんですよ。幸い今日は誰にも付けられているような気はしませんでしたけど、私が気がつかないだけで、今も付けられているかもしれませんがね」

と、入り口の戸をちらっと見た。

人影はない。

「ただ、疑われていてもすぐに捕まえないところをみると、なんの証もないからでしょう。しばらくして下手人が見つかれば、すぐに付けられることもなくなりますね」

「いや、そうじゃないんですよ」

其角がすぐさま首を横に振った。

「と、言いますと」

数右衛門が言った。

其角は、松平愛之助の庇護の元にいる守屋三郎という浪人が辻斬りだと思われる。元旗本の罪を数右衛門になすりつけようとしていることを明かした。

「守屋三郎という男は知っていますか」

其角が言った。

「いや、知りませんが、守屋三郎はどんな風体ですか」

「背が低くて、ずんぐりむっくりの男です」

「やはり、あいつか」

数右衛門は声を上げた。

「知っているのですか」

其角がきいた。

「辻斬りに襲われた商家の旦那を助けに入って、剣を交えました」

「じゃあ、もしかしてその時に根付を落とされましたか」

「いや、その時かどうかは分かりませんが、根付をなくしました」

「その根付を守屋三郎が手に入れたのでしょう。それで、守屋三郎がわざと不破殿に罪をなすりつけるために、山王社で辻斬りをして、根付を落としたんでしょう」

「そうだったんですか」

数右衛門は真っ赤な顔でいきり立った。

「そうです。すぐにでも、捕り方が来るかもしれません。逃げてください」

其角が言った。

「逃げたら私が益々疑われやしませんか」

「不破殿をどうしても辻斬りに仕立て上げたい者がいます。ですので、いくら疑いが深まろうが身を隠したほうが良いでしょう。まずは逃げて、それから守屋三郎が辻斬りをした者だということを分からせればよろしいじゃございませんか」

「でも、私には逃げる場所なんてありません」

「うちに来てください」

「えっ、先生の家に」

「そうです」

「よろしいんですか」

「ええ」

「先生、このとおり」

数右衛門は頭を下げた。

「一応姿を変えて来てください」

其角が頼んだ。

「わかりました」

「後で、私の住む江戸座へ来てください。茅場町にあります。ちょうど梅の老木の隣の二階建ての家なのですぐにお分かりになると思います」

其角はあまり長居をしない方がいいと思って、立ち去ることにした。


其角と二郎兵衛は数右衛門の長屋を出た。

「先生、すぐにでも捕り方が来るでしょうか」

「そう思っていた方がいい」

其角は用心した方がいいと思った。

「二郎兵衛、頼みがあるのだが」

「なんでしょう」

「守屋三郎が本当に本所の愛之助のところにいるか確かめて欲しいんだ」

「かしこまりました」

その時、足音が聞こえた。

その音は二人に近づいてきた。

其角が誰だと思って振り向くと、

「先生」

声をかけられた。

「親分」

其角は思わず眉根を寄せた。

岡っ引きの貞蔵だ。

「さっき数右衛門の長屋に入っていきましたね」

貞蔵が低い声で話した。

其角は冷や汗をかいた。いくら、貞蔵が数右衛門の仕業ではないと思っていたとしても、其角が逃がしてしまえば、貞蔵の責になりかねないからだ。

「ずっと見張っていたのか」

「ええ、わっしと何人かで交代で見張っております。ひょっとして、先生、数右衛門を逃がそうとしたんじゃないですか」

「……」

「やはりそうですか」

貞蔵が言った。

其角は貞蔵に責められるかと思いきや、

「ちょうど良かったです」

「え？」

「明日にでも捕縛の者が数右衛門を捕まえることになっています。ですので、わっしも追っ手が出ていることを当人に知らせて逃がしてやりたかったのですが、立場上できませんでした。先生が逃がしてくださって感謝しております」

貞蔵も其角と同じことをしようとしていたのかと思うと、其角は安心した。

「先生、数右衛門はどこに逃げるつもりなんでしょうか」

「いや、どこに行くかわからない」

其角は万が一のことを考えて、江戸座に匿《かくま》うことは隠しておいた。貞蔵は恐らく其角を裏切らないだろうが、言わなければ漏れることもない。

「そうだな。お前さんも立場があるだろうから、変に疑われないように気をつけてくれよ」

と、言って別れた。

夜の帳《とばり》が下りる頃、

「開けてください」

小さな声が聞こえ、戸を軽く叩く音がした。

二郎兵衛がすぐに戸を開けた。

「すまない」

数右衛門が身を小さくして入ってきた。

「本当に別人です」

二郎兵衛は数右衛門に言った。今まで生えていた無精ひげは綺麗に剃られて、大分すっきりしていた。

「随分変わりましたな」

其角もここまで変わるとは思ってもいなかった。これであれば誰にも気がつかれないような気もするが、万が一のこともある。

「念の為に、これからあまり外出はしない方がよろしいですね」

「そうします」

数右衛門も自覚していた。

「明日から二郎兵衛に守屋を見張らせます」

其角が説明して、二郎兵衛が頭を軽く下げた。

数右衛門もよろしく頼みますと言うように頭を軽く下げた。


翌二十七日の朝、二郎兵衛はひとりで本所一ツ目の松平邸まで行った。松平邸と言っても、兄の信望の屋敷であり、愛之助は部屋住みだ。

大きな屋敷の中の様子を知りたかったが、どうしようもできないので、二郎兵衛は松平邸を一周し、さらにもう一周した。表門と裏門の前には門番の目が光っている。一度だけ通るのであれば何ともないだろうが、それほど長い刻ではないのに何度も目の前を通ると怪しいと思われかねない。

しかし、二郎兵衛は門番の視線を感じながらも声はかけられなかった。ただ、もう一度前を通るとなると怪しまれるだろう。

二郎兵衛は一旦屋敷を離れて、両国橋の方に向かった。

ここら辺りであれば、守屋や愛之助を見張ることができる。屋敷からどこかへ出かけるときに両国橋を渡ることが考えられるからだ。

両国橋の東詰めの広場によしず張りの水茶屋も立ち並んでいた。ここで待っていても目立つことはなさそうだ。

二郎兵衛はどこの水茶屋に入ろうか悩んだ挙句《あげく》、一番繁盛しているよしず張りの『難波屋《なにわや》』というところへ入った。

「いらっしゃいまし」

赤い前掛けをしめた若い娘が声を掛けた後、

「あっ」

と、驚いた顔をした。

「あなたは……」

二郎兵衛は相手の顔を見た。

その娘はあどけなさと色っぽさが入り交じった顔をしており、二郎兵衛よりもやや若いと見えた。

「半年前、富岡八幡宮でごろつきに絡まれているのを助けていただいた島《しま》です」

「あ、あの時の」

「その節は、ありがとうございました」

お島が礼を言った。

「お島さんはここで働いていたのか」

「はい」

お島は弾《はず》んだ声で応じた。

「ここに座ってもいいかい」

二郎兵衛は床几《しょうぎ》に腰を掛けた。

「桜湯をください」

二郎兵衛が頼んだ。

お島が床几の上にある湯沸かし釜と茶道具の方に向かった。

周囲には若い男の客がかなりいて、その者たちの視線はお島を追っている。お島が目当てで来ているようだ。

お島が桜湯を持ってやって来た。

「ここからだと、隅田川《すみだがわ》が見渡せるな」

二郎兵衛が湯呑を持って、話しかけた。

「ええ、きれいでしょう」

「店はいつもこのくらい繁盛しているのかい」

「これでも今は空《す》いているほうですよ」

お島が軽く笑った。

「そうか。ここには色々なひとが来そうだな」

「ええ、近くのお屋敷奉公の中間《ちゅうげん》のお方もいらっしゃいます」

「へえ、この辺りのお屋敷というと？」

「津軽《つがる》さま、松浦《まつうら》さま、松平さまです」

「松平さまというと、あの旗本の？」

「そうですよ」

お島は二郎兵衛がなんでそんなに興味を持っているのか不思議そうな顔をしていた。

「いや、実は俺は奉公したいんだ」

二郎兵衛は咄嗟に言いわけをつくった。

「へえ、ご奉公を」

「俺は昔から侍というのに憧れていたんだ。武家奉公人になって侍として認められたいものだ」

「二郎兵衛さんは剣術の心得もありますものね」

お島は、二郎兵衛が助けた時のことを思い出して言っているようだ。

「口入屋から松平さまのことを聞いて、様子を見に来たんだ」

二郎兵衛は言った。

お島は腰を屈めて、二郎兵衛の耳元で、

「松平さまのところは止めておいた方がよろしいですよ」

と、囁いた。

お島が言っているのは、愛之助のことだと察した。

「どうしてだい」

「奉公して、ひと月と経たないで辞めるひとが多いんですよ」

「そんなに松平の殿様はひどいのか」

「いいえ、当主の信望さまはよろしいのでございますが、弟君の愛之助さまが問題なんですよ」

「愛之助さま？」

わざと知らない振りをした。

「ご存じではありませんか」

「知らないな」

「町で暴れまわるんですよ」

「暴れるというと?」

「愛之助さまが暴れるわけではないんですけど、柄の悪い供の者たちを連れて、その人たちが刀を振り回すんですよ」

「へえ!」

大げさに驚いてみせた。

「ここにも来られたことがあって、店のお客さまを脅して大変な騒ぎだったんですよ」

「どうして、そんなことをするんだろうな」

「さあ、どうしてでしょう。ここの主人は、愛之助さまは部屋住みでやけを起こしていると言っていますが」

「なるほどな。最近、愛之助さまはここへは来ないのか」

「まったくいらっしゃらないですね」

「そうか」

二郎兵衛が言ったとき、

「あ、あれが愛之助さまですよ」

娘が両国橋を指した。

見ると背丈が大分違う二人の侍が両国橋を渡ってきた。

「あの高い方かい」

「ええ、そうです」

「低い方はどなただろう」

「さあ、最近よく見かける顔ですけど、お名前まではわかりません」

娘は首を横に振った。

(守屋三郎だろう)

二郎兵衛は十文を置いた。

「じゃあ、行くよ」

「もうお帰りになられてしまうのですか」

お島はもっと話していたそうだった。

すぐさま、「お島ちゃん、ちょっと」と他の客が呼んだ。お島も寂しそうな顔を急に笑顔に変えて、「はあい」とその人の元へ寄った。

二郎兵衛は二人の後を付けた。二人は背後を気にしながら回向院の横を通り、松平の屋敷へと入っていった。

「ただいま戻りました」

二郎兵衛が江戸座に帰ると、数右衛門が待ちかねたように帰りを出迎えた。

「ご苦労。先生はいま紀文のところだ」

「そうですか。不破殿に留守番をさせて申しわけございません」

「いやいや、これがあるから」

数右衛門は徳利を手に持って答えた。

「何か分かったか」

数右衛門がきいた。

「松平と守屋を見かけました」

二郎兵衛は言った。

「やはり、守屋は松平家にいたのか。俺のことを恨んでいるのだろうが、罠にはめたのは愛之助が仕掛けたんだ」

数右衛門は憤りを露《あら》わにした。

「不破殿はどうなさるつもりですか」

二郎兵衛が真面目な顔をしてきいた。

数右衛門は躊躇わず、

「二人をこの手で斬り捨てたい」

と、答えた。

「斬り捨てる?」

「そうだ」

「そんなことをしたって、不破殿の辻斬りの疑いは晴れませんよ。捕まえて、奉行所に突き出す方がいいんじゃありませんか」

二郎兵衛は異を唱えた。

「いや、奉行所につきだしても無駄だ。正直に白状するとは思えぬ」

「でも、守屋を襲えば、当然不破殿の仕業と思われかねません。それに、町中で襲えば捕らえられてしまうでしょうし、誰も見ていないところで殺すとなると、そう機を狙わなければならないでしょうね」

「松平の屋敷に忍びこんで襲う」

「そんなことができますかね」

「守屋のいる部屋さえわかればわけはない」

「ただ、どうやってそれを」

数右衛門は腕を組んだ。

「どうすればいいものか……」

二郎兵衛は数右衛門の顔を窺った。

罪を被せられて、居場所を追われた数右衛門が不憫《ふびん》に思えてならなかった。

「私が何とか探してみましょう」

と、答えた。だが、二郎兵衛は探すことができるか自信はなかった。

第四章　勅使

一

三月一日の朝。

二郎兵衛はこの日も松平邸の近くまで行った。これで四日続けてである。

あの日以来守屋の姿を見ていない。もう松平の屋敷にはいないのではないかという不安が芽生《めば》えてきた。

もうしばらく、松平の屋敷を調べてみるつもりだ。

再び『難波屋』へ行った。

すでに若い男の客がいた。

二郎兵衛が床几に腰をおろすと、お島がつかつかとやって来た。険しい顔つきなので、おやっと思った。

「桜湯を……」

と、言い掛けたが、

「二郎兵衛さん」

お島が冷たい声で名前を呼んだ。

二郎兵衛は戸惑いながら、お島の顔を見た。

「二郎兵衛さんは私に嘘をついていますね」

お島が怒ったような口調で言った。

「え？」

「奉公というのは嘘なんでしょう」

「どうして、そう思うんだ」

「だって、奉公なんて口入屋に頼むでしょう。それに二郎兵衛さんはただここに来て、辺りをうかがっているだけではありませんか」

そう言い、お島は他の客の方へ逃げるように行った。呼び止めても無駄だった。

桜湯を持ってくる時も、口をきこうとしなかった。

それから、お島は近づこうとしない。

二郎兵衛は焦《あせ》った。

通りかかったお島に、

「お島さん、聞いてくれ」

と、声をかけたが、お島は無視をした。

また、お島が前を通りかかったときに、二郎兵衛は立ち上がって、

「お島さん、俺の話を聞いてくれ」

お島は立ち止まった。

「嘘の話なんて聞いても仕方がないわ」

「本当のことを言うよ」

「本当のこと？　やっぱり、嘘だったのね」

お島は二郎兵衛を睨んだ。

「ごめん。でも、実は理由《わけ》があったんだ」

「わけって？」

「ここでは言えないから、お店が終わった後、回向院の境内《けいだい》で待っている」

「わかりました。ちょっと待って、少しくらいなら抜けられますから。先に行っていて。すぐに行きます」

お島はそう言って、他の客のところに行った。

二郎兵衛はすぐ引き上げた。

二郎兵衛が回向院の境内で待っていると、お島が小走りにやってきた。

「話って何？」

「実は愛之助さまが松平邸に守屋三郎という男を匿っているかどうか調べているんだ」

「なぜなの」

二郎兵衛は一連の辻斬りと数右衛門の話をした。

「不破殿の無実を晴らすためにも守屋を見つけ出さないとならないんだ」

お島は驚いて聞いていた。

「嘘をついてごめん。だから、言えなかったんだ」

「本当のことを言ってくれてありがとう」

お島が言い、

「そろそろ帰らないと。二郎兵衛さん、明日も来てね」

と、戻って行った。

ふと誰かに見つめられているような気がした。辺りを見渡すと、中間風の太った男が山門に向かうのが見えた。

翌日。

二郎兵衛は『難波屋』へ行った。

床几に座って桜湯を飲んでいると、どこからか視線を感じた。

お島目当ての男の客の嫉妬の目かもしれない。

辺りを見渡したけれど、分からない。

お島が近づいてきて、

「暮れ六つ半（午後七時）に回向院で待ってて」

「わかった」

そう答えたときに、強い視線を感じた。その方に目を遣ったとき、太った男が顔を逸らした。よく見かける男だった。

普段、その時間であれば江戸座へ戻っている頃であるので、帰りが遅いと其角と数右衛門が心配するかもしれないと思い、二郎兵衛は一度江戸座へ戻って伝えてから、六つには回向院の境内にいた。

昼間であれば賑わっているこの場所も、日が落ちてからは人影もなかった。本堂の脇には木々が生い茂り、鬱蒼としていた。

まだ、お島が来るまでには刻がある。

お島はここに来るようにいったが、若い娘がひとりで待つにしてはあまりに暗いではないか。自分が早く来ていて良かったと思った。

ざわざわと風が吹いて、木々の葉が音を立てた。

春の夜は風が吹くとまだ寒い。

二郎兵衛は目を閉じて耳を澄ました。この季節の音を感じようと思った。

すると、二郎兵衛の後ろから、地面を擦るような音がすっすっすと小刻みに聞こえてきた。

お島の足音とは違う。

そう思って、目を開けて振り返った。

その瞬間、きらりと光るものが目に飛び込んで、二郎兵衛は咄嗟に身をかわした。

「誰だ」

二郎兵衛は闇に向かって怒鳴った。

相手の姿はうっすらとしか見えない。

相手は何も答えなかった。刀を構えていた。相手は太っていて、足が短い男だ。

また突進して斬りかかってきた。

しかし、相手の動きはそれほど素早くはないし、踏み込む一歩も小さいから避けるのは容易であったが、太刀《たち》捌きは鋭い。

何度も斬りこんでくる。

二郎兵衛はその度に身をかわした。風を切る音がした。

相手の攻撃は止むことをしらないようだった。だが、相手の動きがだんだん鈍くなってきた。疲れが出てきたようだ。

二郎兵衛は足を踏み込んで、相手の懐に飛び込み、腕をつかんで、投げ飛ばした。

相手はすばやく立ち上がると、また刀を構えて突進してきた。

二郎兵衛も向かった。相手が間近に迫る。すれ違いざまに相手の足を蹴った。

相手はうめきながら体勢を崩していた。

それから足を引きずるようにその場から立ち去った。

追いかけようとしたが、お島が来るので追いかけなかった。

何者だ。体つきは守屋三郎に似ていたが……。

自分が松平の屋敷を調べていると知ってのことだろうか。そう思ったときに水茶屋にいた太った男を思い出した。あの男は松平家の中間ではないのだろうか。自分のことを守屋に知らせたのはあの男ではないかと思った。

間もなく、お島が現れた。

「二郎兵衛さん、お待ちになりましたか」

お島の声が途中で止まった。

「どうかなさったの」

「え？」

「着物の袖が切れている」

二郎兵衛は慌てて袖を見た。裂け目ができていた。

「何者かに襲われたんだ」

「まあ」

お島は目を見開いた。

「もう大丈夫だ」

「それよりお島さん、何か」

二郎兵衛は問いかけた。

「二郎兵衛さんのお手伝いができるかもしれません」

「どういうこと？」

二郎兵衛がきいた。

「実は私のお父っつぁんは松平さまのお屋敷を手掛けた大工なんです」

「本当か」

「ええ、下絵図から何から何まで」

「……」

「絵図面があれば、お屋敷の中のことがわかるでしょう。守屋三郎がどこにいるか見当がつくんじゃないかしら」

「それはそうだけど」

「それでしたら、私が絵図面をお見せしますよ」

「本当かい」

二郎兵衛は驚いた。

「明日お持ちします」

「でも、そんなことをしていいのかい」

「すぐ返せばわからないわ」

「本当にありがとう」

お島は二郎兵衛に喜んでもらえて嬉しいといった顔つきだった。

翌日、二郎兵衛はまた両国橋の際《きわ》の水茶屋に行った。中に入らず、外からお島に目で合図を送った。お島が気づいて、近寄ってきた。

「二郎兵衛さん、これ」

お島が筒を渡した。

「お島さん、ありがとう。すぐ返すから」

二郎兵衛は絵図面を受け取ると、すぐに江戸座へ引き上げた。

其角と数右衛門も一緒に絵図面を囲んだ。

この屋敷は、東西七十三間、南北は三十四間という大きさで、二千五百五十坪ある。

屋敷の表門は東側、裏門は西側に位置して、北側に母屋《おもや》があり、東西にそれぞれ長屋があった。母屋が三百八十坪、長屋は四百坪である。

「まず、この母屋にはいない。長屋だ」

其角が東側に面している長屋を指して言った。

数右衛門も頷いて、

「こっちにも長屋があります。どちらにいるでしょうねえ」

と、頭を捻っていた。

絵図面を見ていると、東側の長屋は各部屋がひとつずつ均一で小さかった。

一方、西側の長屋は部屋数も少なく、それぞれ大きさが違っていて、一番小さい部屋でも、東側の長屋の部屋の二部屋分はある。そして、母屋の近くにある一番大きな部屋は東側の長屋の部屋の五部屋分はある。

「西側の大きな長屋は松平の家臣が住んでいると思われる。守屋は東側の長屋だ」

其角が言った。

「愛之助はどこでしょう」

二郎兵衛がきいた。

「愛之助は松平公の弟だ。だから、母屋にいるはずだ」

其角は絵図面に指を這わせながら、

「すると、母屋の裏手……。待てよ、土屋主税さまの屋敷から見当をつけて、松平の屋敷も造りはあまり変わらないだろう」

思い出したように、

「この辺りに」

と、ある一点を指した。

「そこが何なのですか」

二郎兵衛がきいた。

「土屋さまの屋敷だと部屋住みが使っていた」

其角が考えるような顔で言った。

「わかりました。さっそくそこを探ってみます」

二郎兵衛が意気込んで言うと、

「忍び込むのか？」

と、其角がきいた。

「はい。こう見えても身は軽いので」

二郎兵衛は笑って返した。

「わしも行こう」

数右衛門が言った。

「いや、不破殿は行かない方が良いでしょう」

其角が止めた。

「なぜですか」

「もし、守屋を見つけたらじっとしてはいられないでしょう。斬りかかるのではありませんか」

「……」

「あの屋敷で騒動を起こせば、家中の者が総出でかかってくるでしょう」

其角は厳しい顔をした。

数右衛門は其角を見て、

「決して手出ししません」

と、言った。

「誓いますか」

「誓います」

「ならば、いいでしょう。決して無茶をしないでくださいよ」

其角はくどいほど念を押した。

その夜、二郎兵衛と数右衛門は本所一ツ目へ行った。

夜だから辺りには誰もいない。

都合の良いことに、松平の屋敷の母屋に近い西側は見張り番もいなかった。塀を軽々とよじ登って、音を立てずに下りた。

庭は広かった。

庭の向こうに母屋が見えた。

絵図面にあった一番大きな部屋が目の前に見える。

そこを過ぎて、母屋の裏に回った。土蔵があり、しばらく行くと灯りが点いた部屋があった。

其角が愛之助がいると見当をつけた部屋だ。

人影がふたつ見えた。

二郎兵衛と数右衛門は地面を這うようにして縁側に近づいた。

中から声が聞こえてきた。

「最近、腕が鈍ったようですぜ」

話し方からして守屋だろう。

「まだいけない。おとなしくしてろ」

愛之助が呆れたような声で言っている。

「わかっちゃいるんです」

「ここで、お前が騒ぎをおこしてみろ。せっかくの企てが台無しだ」

愛之助がしかりつけているのが分かる。守屋の口振りは不満げだ。

「俺がいなけりゃ、お前は今頃牢に入っていただろう」

愛之助が言った。

「そのことには感謝してます。でも、愛之助殿も俺のおかげで儲けたでしょう。手を汚しているのは俺です」

「ところで、痛みはどうだ」

愛之助は話を変えるようにきいた。

「それほどひどくないんで、難儀ではないです」

「相手は誰なんだ」

「この屋敷のことを探っている二郎兵衛という男です」

「何者だ」

「さあ、それがわからないんですが、相当な腕です」

二郎兵衛は聞きながら、自分の話をしているとわかった。

「その者の正体がわからないのは厄介だな」

愛之助がため息をついた。

「それより、不破数右衛門の行方はわからないんですか」

守屋がきいた。

「そのうち奉行所が勝手に捕まえてくれるだろう」

「奴が捕まって落ち着いたら、俺もこれから容赦なく人を斬れるし、金も盗めるってわけですね」

「だめだ。しばらく大人しくしているんだ」

愛之助は強い口調で言った。

「許せん」

数右衛門はしゃがみこんでいた体をやや起こして、片足を立て、腰の刀に手をかけた。

二郎兵衛ははっとした。

「不破殿、いけません」

「我慢ならぬ」

数右衛門はいきり立っていた。すぐにでも飛び出しかねない。

「其角先生に止められているではありませんか」

二郎兵衛は小声で制した。

その時、障子がいきなり開いた。

「誰だ」

愛之助が怒鳴った。

「見つかった」

数右衛門は飛び出した。

二郎兵衛も仕方なく立ち上がった。

「お前たちは」

愛之助が目を剝いた。

「不破数右衛門だ」

と、数右衛門が名乗った。

「おぬしが不破数右衛門か」

愛之助が咎めるように言い、

「何しに来た」

「お前たちの悪だくみを暴くためだ」

数右衛門は言い、守屋に目を向け、

「おぬしとは一度辻斬りの現場で会ったな。その時のことを根に持って俺をはめたのだろう」

と、迫った。

「知らぬ」

守屋は顔をしかめて言った。

「鮫河橋の太助という男に金で嘘を言わせたことはわかっている」

「守屋は知らぬと言っている」

愛之助が口を挟んだ。

「守屋三郎を助けるために、誰かを辻斬りに仕立てようとしたのはあなたではありませんか。それで守屋は不破殿を選んだのではありませんか」

二郎兵衛は愛之助を問い詰めた。

愛之助は何か言いかけたが、言葉にならなかった。

二郎兵衛は守屋に向き、

「回向院で私を襲ったのもあんただ」

と、言い切った。

「おのれ」

いきなり、守屋が二郎兵衛に斬りかかった。

数右衛門は咄嗟に刀を抜いて、守屋の刀をはじいた。

守屋はすぐに体勢を立て直し、今度は数右衛門に迫った。

数右衛門も斬りかかった。
互いの刀が激しくぶつかり合った。
だが、守屋は数右衛門の敵ではなかった。
やがて、守屋は追い詰められ、壁を背に棒立ちになった。
「守屋、覚悟」
「不破殿、いけません。斬ってはいけません」
二郎兵衛が止めた。
だが、数右衛門は斬りこんだ。
守屋は最後の力を振り絞るように、がむしゃらに襲ってきた。
刀と刀が打ち合う音が部屋中に響きわたった。
数右衛門が大きく踏み込んで、守屋の肩口を斬った。
守屋は肩を押さえてうずくまった。
愛之助は近くにあった刀を取って、数右衛門に向かって構えた。
「愛之助さま」
二郎兵衛が割って入った。
「守屋三郎が山王社で誰を斬ったとお思いですか。守屋が斬った源七という男は、琴柱さんの父親ですよ」

「なに」

愛之助が目を見開いた。

「あなたは琴柱さんをきつね目の男に殺させ、父親を守屋に殺させたのです」

「……」

愛之助は愕然としている。

守屋が壁に寄りかかって呻《うめ》きだした。

「愛之助さま、守屋三郎を奉行所に突き出して、一連の辻斬りを白状させてください」

二郎兵衛が頼んだ。

「そなたがやらなければ、俺が奉行所に突き出す」

数右衛門が激しい口調で言った。

「愛之助殿」

守屋がか弱い声で呼んだ。

「なんだ」

「奉行所に行くくらいなら死んだ方がましだ。殺してくれ」

「守屋……」

愛之助は痛々しそうに見た。

「そなたが殺した源七が琴柱の父親だとは」

と、刀を抜いて、

「守屋、成仏《じょうぶつ》しろ」

突き刺した。

「お前たちはこのまま帰れ。後の始末は俺が付ける」

愛之助が言った。

「不破殿、ここで騒ぎを起こしても何の得にもならないので、ここは愛之助さまの言うとおりにしましょうか」

「わかった」

数右衛門は頷き、警戒しながら、刀を下ろした。

愛之助が隙を見て斬りかかってくるかもしれない。

しかし、愛之助にそのような様子は見えず、

「早く、ここから去れ。兄上にでも見つかったらことだ」

と、促した。

「ここを去る前に、俺が辻斬りではないと奉行所に計らうと誓ってくれ」

数右衛門が強く迫った。

「うまくやる」

「愛之助さま、其角先生が琴柱のことであなたに話したいことがあるそうです。一度機会を作ってください」

二郎兵衛が言った。

「早く行け」

愛之助は答えず、急かした。

二人は庭に出た。

江戸座へ戻って、其角へことの次第を報せた。

其角は愛之助が守屋に止めを刺したことに驚いていた。

「そういえば、琴柱を斬ったきつね目の侍はいたか」

其角はふと思い出したようにきいた。

「いえ、いませんでしたね」

二郎兵衛も今思うと、きつね目の侍がいないのが不思議だった。

「おかしいな。ずっと一緒にいた奴なのにな」

其角は腕を組んで、さらに考え込んでいた。

翌日の昼過ぎ、岡っ引きの貞蔵が訪ねてきた。

数右衛門は二階に隠れた。

「先生」

貞蔵は興奮していた。

「親分、どうしたんだ」

「不破数右衛門の疑いがなくなったと、同心から聞きました」

「そうか、親分。で、辻斬りの件はどうなった」

「何でも松平信望さまの屋敷に盗みに入った男を捕まえて問いただしたところ、守屋三郎と名乗り、これまでの辻斬りのことも白状した末に自害したそうです」

愛之助が上手く始末したようだと思った。

貞蔵が帰ると、数右衛門が階段を下りてきた。

「聞きましたか」

其角がきいた。

「聞きました」

数右衛門は安堵したように答えた。

「じゃあ、これから祝い酒でも」

其角がにこやかに誘った。

「いいですね」

数右衛門は舌なめずりをした。

その夜、其角と数右衛門は酔いつぶれてしまった。二郎兵衛が呆れたように見つめるのがわかった。

二

元禄十四年は東山《ひがしやま》天皇の御代《みよ》であって、勅使とともに霊元《れいげん》上皇の院使も江戸へ下られることになったが、これに先立ち、正月はじめの幕府からの年頭の使者である高家肝煎吉良上野介義央が京の都へ出向いた。

二月二十九日に上野介は江戸へ帰ってきていた。

数日後に、浅野内匠頭長矩はその報せを弟の大学《だいがく》から受けた。

さっそく、浅野家上屋敷の表御殿の座敷に、家老の藤井又左衛門、安井彦右衛門、片岡源五右衛門を呼んだ。

「明日の吉良殿への挨拶のことだが、誰に赴《おもむ》いてもらおうか」

三人に意見を求めた。

まず源五右衛門が前に出て、

「申し上げます。本来であれば殿の名代となりますと筆頭家老の大石内蔵助殿にしていただくのがよろしいかと思いますが、大石殿は江戸にいないゆえ、藤井殿がよろしいかと思います」

と、言った。

藤井が源五右衛門を睨みつけた。

内匠頭は源五右衛門が藤井をよく思っていないことを知っている。藤井をけん制するために、わざとくどい言い方をしたのだろう。

「お主《ぬし》はどう思う」

内匠頭は藤井にきいた。

「拙者と安井の両家老で出向くのは如何でしょう」

藤井が答えた。

「それがよろしいと思いまする」

安井がすかさず口を開いた。

「わしが挨拶に行かないでも失礼に当たらないか」

内匠頭が不安そうに言った。

「はい、むしろ殿がお出向きになられては、かえって吉良殿も気を遣われ、失礼にあたるかと思われます」

藤井がうやうやしく答えた。

「うむ」

内匠頭は苦い顔をした。

「わしもなるべく吉良殿と顔を合わせたくないからな」

この言葉に一同は何も答えず、内匠頭は吉良との因縁を思い出した。

今から十七年前にさかのぼる。


浅野内匠頭には元服する頃より男色の気があった。

しかし、妻の阿久里《あぐり》への思いは別だった。

内匠頭が備後三次《びんごみよし》家藩主浅野長治《ながはる》の三女である阿久里と婚約したのは十二歳の時であった。阿久里とは同じ浅野家であり、幼い頃より親しくしていた。阿久里は内匠頭を慕い、また内匠頭も阿久里といると心が安らいで居心地が良かった。

しかし、武家諸法度《ぶけしょはっと》により、妻の阿久里は常に江戸の上屋敷にいなければいけない。参勤交代で江戸にいるときは阿久里と会えるから良いものの、赤穂にいる間、若い内匠頭は心を持て余していた。

そこで、内匠頭は城下に出てはどこぞの美しい男を見初めて城内に招いた。

ある時、江戸でもお目にかからない程の美しい男に出会った。

その者は少年独特な幼い可愛らしさというよりも、目鼻立ちが整っており吉原の何々太夫《だゆう》と呼ばれてもおかしくない程の麗《うるわ》しい容姿で、髷を結っているから男とわかるようなものの肌艶から豊満な唇《くちびる》、そして、男好きのするいたずらな目などは女そのものであった。

その者は歌舞伎役者の女形《おやま》と言われると、そのようにも見えた。

さっそく、内匠頭は当時側用人だった源五右衛門を使って、その少年を赤穂城に呼び寄せた。

その者は只史郎《ただしろう》といい、わずか十歳であった。

内匠頭は大広間で対面した。

間近で見ると、余計に只史郎の美しさは際立っていた。さらに、只史郎は控え目で、素朴な顔つきをしており、内匠頭はすっかり気に入ってしまった。

内匠頭は小姓として、仕えさせることを決め、すぐに名前を日比谷右近《ひびやうこん》と改めさせた。

日比谷右近のことは、江戸にいる妻の阿久里の耳にも届いた。

参勤交代で江戸へ勤めなければならない時がやってきた。内匠頭は日比谷右近と離れがたく、江戸に連れていこうとした。

しかし、内匠頭の学問の師である山鹿素行《やまがそこう》にたしなめられた。

「何故、右近を江戸へ連れていくことがよくないのか、わしにはわからん」

まだ若い内匠頭は納得できなかった。

「日比谷右近は赤穂きっての美少年、江戸においてもその噂はすぐに広まることでしょう。万が一にも日比谷右近が将軍のお目にかなえば、きっと差し出さなければなりませぬ。そのときに殿は差し出すことができますか。差し出したくもないのに、差し出さなければならない時の苦しいお心を考えれば、右近は赤穂に留めて置いた方がよろしゅうございます」

山鹿が言った。

内匠頭はまだ十八歳という若さである。

「わしもそれくらいのことは心得ておるが……」

「では、連れていかぬことです」

「しかし、わしがいないと右近が悲しむ。それが哀れでならないのだ」

内匠頭は右近の気持ちを持ち出し、その場を逃げ切ろうとした。

「それでは、他の家臣たちも納得しません」

山鹿が言った。実際、多くの家臣たちに反対された。

しかし、それは右近への想いを余計に募らせることとなった。

結局は誰も内匠頭の心を変えることはできず、右近を江戸に連れていくこととなった。

「殿、くれぐれも右近のことで問題を起こさぬように」

と方々から忠告を受けていたが、内匠頭は右近を江戸に連れていくことのできる喜びで、何も耳に入らなかった。右近の方も、初めて行く江戸の町に心を躍《おど》らせていた。

江戸に来て、内匠頭を待ち受けていたのは妻阿久里からの苦言であった。

「殿様は浮かれすぎております」

この一言に内匠頭も少しは省《かえり》みた。

今までのように常に右近を側において可愛がるということはしなくなった。

その後、日比谷右近という美少年が浅野内匠頭に小姓として勤めているという噂に羽が生えて江戸中を飛び回ったという。

ある茶会で、内匠頭は吉良上野介と一緒になった。

初めは他愛のない話をしていたが、

「年甲斐もなく、浅野殿の御家来である日比谷右近に募るものがある。ついては、日比谷右近を吉良家へ迎えたいと思うのだが、如何なものであろう」

と、上野介が内匠頭に頼んだ。

内匠頭は耳を疑った。

「これは何を仰るかと思えば吉良殿、冗談が過ぎますな」

不快感を露わにしたが、高家肝煎の上野介には強く言えなかった。

「なに、冗談ではござらん」

「………」

「礼は如何様《いかよう》にもいたすゆえ、どうかこの話を受けてはくれぬか」

親子ほども年の離れている二人である。さらに、吉良家は浅野家とは違い大名ではないながら、足利《あしかが》より続く名家で格式が遥かに高い。

しかし、この時の立場は逆で、上野介が下手《したて》に出ていた。ただ、内匠頭はそれでも上野介に腹を立てていた。

内匠頭は上野介から何度も頭を下げられた。それでも、譲れないと断り続けた。

やがて、上野介は苦しそうに胸を押さえた。

それが余計に内匠頭の心情を逆撫でした。わしの言うことが聞けぬのかと、言われたのと等しかった。

内匠頭はあまりのことに拳を強く握ったが、このようなことで喧嘩を起こしては山鹿素行に言われたことに背《そむ》くことになる。そう思って、内匠頭は心を静ませようとした。しかし、考えれば考えるほど目の前の老人が憎く思えた。元々、堪忍袋《かんにんぶくろ》の緒が切れやすい内匠頭のことである。

「吉良殿もお年でありながら旺盛でありますな。拙者もそのお年になっても、欲深く生きてみたいものでございまする。しかしながら、日比谷右近のことは諦めなさってください。あの者だけはいくら将軍綱吉公の頼みであったとしてもお断りいたします」

と、皮肉混じりに言葉を放った。

吉良上野介は何も答えなかった。

浅野内匠頭は嫌味を言い過ぎたと後悔して、謝ろうとしたが、まさかのことに上野介が頭を下げた。

「これは失礼いたした。浅野殿の大事な御家来を我がものにできるなどと軽々しく考えたのが、年甲斐もなく恥ずかしい。今のは聞き流してくだされ」

「いえいえ、誰にでもあること。それほどお気になさらないでくださりませ」

上野介は申しわけなさそうな顔をして、茶室を後にした。

しばらくして、内匠頭は大老の堀田筑前守正俊《ほったちくぜんのかみまさとし》の茶会に呼ばれた。

内匠頭は大老からの誘いを断ることはできなかった。

また、このような機会は二度とないことで、何か大切な話があるのかもしれないと、胸を膨らませながら、茶会へ出席した。

「これは浅野殿、ようこそお出でなさった」

「このような席を設けて下さり、かたじけのうございます」

「さ、お上がりになって」

いつになく物腰の柔らかい堀田であった。

堀田正俊は五代将軍綱吉就任に大きな影響を与えた人物で、四代将軍家綱《いえつな》の死去にあたり、家綱政権時代に権勢をもった大老・酒井忠清《さかいただきよ》と対立して家綱の異母弟である綱吉を推した。綱吉が五代将軍に就任すると大手門前の忠清邸を与えられ、天和元年の師走《しわす》の十二日に忠清に代わって大老に任ぜられる。就任後は牧野成貞《まきのなりさだ》と共に「天和の治」と呼ばれる政治を執り行ない、特に財政面において大きな成果を上げた。

「本日は浅野殿にこれを見ていただきたくてな」

堀田は紫色の風呂敷をゆっくりほどいて、桐の箱から大事そうに茶入れを取り出した。

表面がどことなくうっすらしていて雅《みやび》を思わせる。

「これは狂言袴というものでござる」

堀田が言った。

内匠頭はすっかり魅せられていた。

「このような高尚なものをお持ちとは、さすが筑前守様でございます」

と、誉めた。

「内匠頭殿は目が高いと聞き及んでいる。この狂言袴をどう見るか」

「これは名器でございます。一国の価値はありましょう」

「そうか。では、この一国にも値する狂言袴を浅野殿に差し上げよう」

「えっ、なんと」

「これを差し上げる」

「えっ、どうして私に？」

内匠頭は驚き、警戒気味にきいた。

「実はわしには無用の長物だ」

「でも……」

「遠慮いたすな」

内匠頭は狂言袴を見た。

「本当によろしゅうございますか」

「よい」

内匠頭は恐る恐る狂言袴に手を伸ばし、震える手で狂言袴を側に引き寄せた。

「ところで、折り入って頼みがあるのだが」

堀田は真剣な眼差しで内匠頭を見た。

「何でございましょう」

「日比谷右近を譲って欲しいのだ」

堀田が言った。

「右近を？」

内匠頭は愕然とした。

「申しわけございません。その儀ばかりは」

「もう一度頼む。日比谷右近を……」

「お許しください」

内匠頭は頭を下げた。

すると、堀田はいきなり不機嫌そうな顔になり、

「なに、駄目だと申すか。浅野殿はこの狂言袴を黙って受け取るつもりか」

「……」

「まあ、それならそれで良い」

堀田は凄《すご》みのある顔で、内匠頭を脅した。

内匠頭は言葉をなくした。

この狂言袴が右近の代わりだとわかっていれば受け取らなかった。

しかし、一度手にしてしまったし、何より堀田の言葉が恐ろしかった。

内匠頭は渋々日比谷右近を手放すことにした。

ただよくよく考えてみれば、狂言袴は滅多に手に入れられる代物ではない。日比

谷右近も一国に値するけれども、この茶入れも素晴らしい。過ぎてしまったことに悩んでいても仕方があるまいと、狂言袴を愛《め》でるようになった。人の心は移ろいやすいもので、右近がいなくなれば、次第に想いは消え失せた。

上野介は堀田との一連のできごとを知ったのだ。

それから、内匠頭に対する態度が素っ気なくなった。

「殿」

藤井の言葉に内匠頭は我にかえった。

「吉良さまのところに私と安井が参りますが、手土産《てみやげ》はどうしましょうか」

内匠頭は手土産を持っていくかどうか悩んだ。

勅使御馳走役の大仕事を終えてから御礼の品を贈るのが礼儀として正しいのではないかと思う。

源五右衛門、藤井、安井の間で、何を持って行くか意見が分かれ、言い合いになった。

結局、挨拶は軽いもので済ませて、ことが終わったらもう一度お礼ということで何か豪華なものを贈ることにした。

「手土産に何を持っていくかはその方たちに任せる」

内匠頭は言った。

三

藤井と安井は吉良の邸へ行った。

吉良邸は鉄砲洲にある浅野上屋敷と比べて、それほど大きくはなかったが、要所要所の細工が凝っていた。

圧倒するようなしつらいが、上野介を通人だと頷かせる。

まず、門構えからして違った。

吉良邸の門には竜の彫り物があり、その竜の目がどの角度から見てもこちらを睨んでいるとしか思えない。その竜が吉良上野介ではないかと思わせる節がある。

「安井、吉良殿はどのようなお方であるか存じておるか」

「まったく知らぬな」

「わしも知らぬのだ」

「恐ろしいか」

「ああ、何が恐ろしいかって殿と吉良の仲は良いわけではないからな」

「しかし、あれは昔のこと。今更それをどうこういう程野暮な方でもあるまいに」

「そうであろうか。では、お主は何が一番恐いのだ」

藤井がきいた。

「やはり、御馳走の費用を減らすことを咎められることだろう」

「でも、それは老中のご意向であるがゆえ」

「そうよな、仕方がないこと」

二人は心を決めて、門番に取り次ぎを願い出た。

門番が取り次いで、肩幅が広く胸板がある強面の男がやってきた。

「拙者は吉良家家老小林《こばやし》央通《ひさみち》と申すものである」

と、名乗った。

小林央通といえば、通称小林平八郎《へいはちろう》で知られる吉良家でも有数の剣豪である。藤井、安井両家老はこの名前を聞いたときに、びくっとした。まさか、あの小林平八郎が目の前にいるとは、身の引き締まる思いであった。

二人は肩をすくめながら、廊下を何度か右に曲がって奥の座敷へ通された。

畳は新しく、藺草《いぐさ》の良い匂いがした。数日前に替えたばかりであろう。

上野介が京から帰ってくるのを出迎えるために新しくしたのか、それとも毎月畳を新しくしているのかはわからない。しかし、ここまでするのは前田《まえだ》や伊達《だて》のような大大名のすることだ。

いくら塩田で儲けている赤穂藩でも、元来の田舎者の習性なのか節約に努めて、畳を毎月新しくするようなことはなかった。

「殿はまだ戻っておられぬ。暫くこちらで座って待っていてください」

二人は小林に言われたとおりにした。

しかし、それからいくら待っても上野介は現れなかった。

藤井と安井は脚が痺れて崩したくなるまで待った。

それでも上野介は現れなかった。

「忘れられているんじゃやなかろうな」

藤井は心配したが、

「そんな使者を粗末にするようなことはしないであろう」

安井は言い聞かせた。

やがて、襖がすっと開いた。

ようやく吉良上野介が現れたと思い、二人は襟を正して姿勢を良くした。

しかし、目の前にいたのは先ほどの家老小林平八郎であった。

「殿はまだ帰られんようだ。いつまでもお待たせしては申し訳ないので、伝言を預かってお帰りいただいてもよろしいです」

「いや、ここでお待ちします」

藤井が言った。

「我らのことはお気になさらずに」

安井が付け加えた。

小林平八郎は頷くと、下がっていった。


上野介が座敷に現れたのは、夜五つ（午後八時）であった。

これだけ待たせたのだから、「すまない」の一言くらいあると思っていた藤井と安井であったが、そういうことはなかった。

上野介は険しい表情で、

「随分来るのが遅いものよな」

と、意地悪く言いつけた。

藤井と安井は額を畳すれすれまで下げた。

上野介は何も言わなかった。

藤井が顔を少しあげて、

「遅くなりまして申しわけございませぬ。京からお戻りになったとは耳にしておりましたが、吉良さまもお忙しいと思い、本日までご挨拶を引き延ばしてきた次第にございます」

「伊達家の使者は昨日挨拶に来たぞ」

上野介は不服そうな目で睨みつけた。

「して、用件とはいかに」

「はい。ご挨拶の証《しるし》にこちらをお受け取りくださいませ」

安井が巻絹一台を差し出した。

上野介は扇子でその巻絹を指すと、側にいた家来に手元まで持ってくるように合図をした。

「なんである」

「粗末ながら巻絹一台を持参つかまつりましてございまする」

「……」

上野介のしわの多い顔は瞬時にして硬くなった。

顔面は硬直し、目だけがぎょろぎょろと藤井と安井を睨みつけた。

「用はそれだけか」

上野介がきいた。

「はい」

「なら、もう帰ってくれ」

上野介が追い払うように言った。

二人は示し合わせ、うやうやしく上野介に向かって一礼をして、去ることを余儀なくされた。

そして、立ち去ろうとする二人の背中に、

「伊達殿は豪勢であったな。絹は数枚、黄金数百枚、双幅《そうふく》まで持ってきよった。三万石の大名にしては豪勢だな。さぞ、出費も嵩《かさ》んだことだろう。浅野内匠頭殿は五万三千石の大名、しかも塩田で儲けているというではないか。裕福なはずだな。しかし、茶入れでも持ってくるかと思った。まあ、倹約するのは悪いことではない。時と場所をわきまえなければなるまいぞ」

嫌みをぶつけた。

二人はなにも言い返さなかった。

二人は鉄砲洲の上屋敷へ帰る途中、神妙な面もちであった。

「わしらがいけないのであろうか」

安井がきいた。

「いや、わしらは殿の言われた通りにしたまでのことで、何も手違いはなかったはずであるぞ」

藤井が答えた。

しかし、どこかに手違いがあったのではないかという不安があった。それは、このままでは殿に迷惑がかかるという不安よりも、むしろ自分たちが叱責されかねないという身勝手なものであった。

いくら家老といっても、この二人は名前ばかりの家老であるから、赤穂藩のすることなすことすべてに明るいわけではない。ただ、そういう高い地位を保っていたいがために、無難にことを進めようとする卑しさは二人に共通してあった。

「帰ってから殿になんとお報せしよう」

安井は心配した。

「ありのまま話せばよい。そして、無礼を働いたのは、こちらの方ではなく、吉良殿の方だ。長く待たせた上に、虫の居所が悪く、浅野家の贈り物をいびりだしたと伝えればよいであろう」

「それもそうだが、殿が不安になるのではないかと思ってな」

藤井は答えた。

「不安？」

「吉良殿とはただでさえ日比谷右近と狂言袴の一件でもめているから、殿に対する心情はよろしいものではあるまい」

「あんな些細《ささい》なことは取るに足らないこと」

「当人には大きなことであるかもしれないではないか」

安井の目は落ち着いていなかった。

「わしは日比谷右近のことより、一休和尚《いっきゅうおしょう》の掛け軸のことで吉良殿が怒っているのかと思った」

藤井が言った。

「一休の掛け軸？　何のことだ」

安井は首を傾げた。

「お主、知らんのか」

「まったく」

安井は首を横に振った。

「何があったんだ」

「二、三年前、骨董好きの集まりがあった」

藤井が言った。

「そういえば、一時期殿は骨董にはまっておったな」

安井が思い出したように言った。

「その会で、吉良殿が持ってこられた一休和尚の書画の掛け軸を、殿が贋作《がんさく》ではないかと大勢の前で疑ったのだ」

「それで？」

「吉良殿は、これは本物だと言った。しかし、殿は絶対に贋作だ、吉良殿は騙されて買ったのだと言い張った。それで、これが本物かどうか鑑定にかけようと、上野介が鑑定を呼び入れたのだ」

「贋作だったのか」

「そうだ」

「吉良殿の面子《メンツ》が丸潰れだな」

安井が顔をしかめて言った。

「あのご老人のことだ。新しいことは忘れても、昔のことはいつまでも忘れないで根に持つだろう」

藤井が言った。

二人は重たい気持ちで上屋敷へ戻った。

四

翌日、大高源吾は伝奏屋敷《てんそうやしき》へ行った。

玉燕は少し前に絵を描き終わったらしかった。

源吾はあまりのでき映えに驚いた。これであれば、誰にも文句を言われることはないし、浅野家の面子も保たれる。さらには、これを描いた絵師狩野玉燕の評判も上がるはずだ。

「これは素晴らしいものばかりで恐れ入りました」

源吾は率直に褒めた。

「こちらこそ、いいきっかけをいただけて嬉しく存じます。こんな大作を描いたのは初めてでございますから」

玉燕は淡々と礼を言った。

「殿も吉良殿も勅使も将軍も目を見張ることでしょう」

「吉良さまは随分お目の高いお方と見えますから、喜んで頂けるかどうか、心配でございます」

「たしかに、吉良殿は気難しいお方で、昨日も挨拶に行った家老二人によると、手土産が少ないと、良い顔をされず、嫌味を言われたそうです」

源吾が困り顔で言った。

「手土産ですか。やはり、通人の吉良さまであれば、茶器が喜ばれるでしょう」

「茶器？」

「そうです。よく茶会を開かれているそうで、私は招かれたことはもちろんございませんが、公方《くぼう》さまをもお招きする茶会を催しているそうです。ということは、名器と言われる物を使われていることでありましょう」

「そういえば、殿はどこで手に入れたのか、狂言袴という名器を持っていると聞きます」

源吾は思い出した。

「狂言袴といえば、至宝でございます」

玉燕が言った。

「では、それを差し出せば」

「ええ、良き計らいをしてくれるかもしれません」

「ただ、吉良殿とは色々あるので……」

源吾が困惑しながら言った。

「日比谷右近という者のことですか」

玉燕がきいた。

「それもそうですが、昔、松平伊予守《いよのかみ》さまのお屋敷で謡《うたい》の会がございました。そこに殿も参加したのですが、吉良殿もいらっしゃったそうでございます。その会で、殿は熊野《ゆや》を謡われたそうです」

熊野と書いて『ゆや』というこの謡は、平宗盛《たいらのむねもり》に仕える熊野という女の謡である。熊野には故郷に年老いた母がいて、病状が思わしくないという手紙が届いた。主人の平宗盛に許しをいただいて故郷に帰ろうとするが、今年の清水寺《きよみずでら》の花見をするまでは帰ってはならないと言い、花見に無理矢理同行させる。熊野は気が沈むなか、花見は盛り上がりをみせるが時雨《しぐれ》に花が散り、そこで母を思う和歌を一首詠み上げる。それを聞いた平宗盛は心を打たれようやく故郷に帰ることを許して、主人の気持ちが変わらないうちにその場から立ち去るというものだ。

「熊野は明るい春の京都の情景と、暗い熊野の相反する気持ちを謡いあげるのが見どころでもあり、難しいところでもあります」

玉燕もその方面は好きで詳しいとみえた。

謡に明るくない源吾はその話を広げることができず、

「熊野を謡われた殿を吉良殿がくせがあってよくないと仰ったそうです」

「嫌みな言い方でございますね」

「ええ、それで殿が怒ってしまって刀に手をかけようとしたけれども、ここで斬ってしまえば殿は切腹、赤穂藩もお取り潰しになってしまうと思い、悔しい心をぐっと腹の中に抑え込んだそうです」

源吾は気持ちを入れて悔しそうに語った。

その日の午後、源吾は浅野家上屋敷で、藤井に襖絵のことを報告した。

「先ほど、伝奏屋敷へ伺いましたら、もうすでに描き終えておりまして、さすがのでき映えでございました」

と、言うと、満足そうな顔をしていた。

「吉良殿のご機嫌を取り直すために狂言袴を持って行ったら如何ですか」

源吾が言った。

「本気で言っておるのか。あの狂言袴を殿が吉良殿に譲ると思うか」

藤井が声を上げた。

「狂言袴は一国にも当たる代物だと聞きます。だからこそ、狂言袴を譲れば吉良殿の機嫌も取り戻せると思いますが」

源吾は前のめりになった。

藤井は考え込むようにこめかみを指で搔いた。

「それはわしも考えた」

「如何でございましょう」

「殿がそんなことを許すはずはない」

「しかし、この御馳走役に浅野家の命運が掛かっているのでございましょう」

「うむ」

「そうであれば殿に狂言袴を譲るように申し上げるべきでございます」

立場を考えないで、源吾は藤井に突っかかった。

「駄目もとでも進言するべきでございます」

「わかった。殿に言っておこう」

藤井は面倒くさそうに言った。

「お願いいたします」

「ちなみに、明日、また吉良殿に報せに行く。お前も付いてこい」

藤井が言った。


翌日、藤井と共に呉服橋にある上野介の屋敷へ行く途中、

「御家老、狂言袴のことは殿にお話ししましたか」

と、源吾は口にした。

「うむ」

藤井が中途半端に答えた。

源吾は藤井が家来に持たせている風呂敷を指して、

「それで、そちらにありますのは」

「狂言袴ではない茶入れだ」

藤井が答えた。

「違う茶入れ。それでは、吉良殿が納得するかどうか」

「そうは言っても仕方があるまい。これだって歴《れっき》とした代物だ」

「殿は断られたのですか」

「これだけは遣るわけにはいかんとな」

「そうですか」

源吾は悔しそうに俯いた。

「これは狂言袴ではないが、立花肩衝《たちばなかたつき》と呼ばれる名品だ」

「ですが、吉良殿が欲しているのは、狂言袴ではございませんか」

あまりにしつこい源吾に藤井は声を荒らげて、

「ええい、黙れ。殿のご決断に文句を言うな。狂言袴には思い入れがあるのだ。それを易々と譲るわけにはゆくまい」

源吾はただ不満に思いつつも、それ以上何も言うことはしなかった。そもそも、藤井が内匠頭に進言したのかどうかも疑っていた。というのも、藤井は細かいことを厭い、争いごとに巻き込まれるのを避けたがるのはいいが、人に責任を押しつけたり、肝心なことになると逃げ腰になるというのを源吾は知っていた。

今回のことに関しても、狂言袴の話を持ち出せば内匠頭の機嫌を損ねるのは明白だから、自分のところでその話を留めたのかもしれないとも思えた。

しかし、今さら何を言っても狂言袴以外のものを持ってきてしまったのであれば、どうすることもできない。

上野介の屋敷の門で迎えたのは家老の小林平八郎であった。

「殿がお待ち申しております。昨日は長らくお待たせしてしまい申しわけございませんでした。どうぞ、こちらへ」

二人は広間に案内された。

上野介はすでに座って待っており、機嫌の良い顔ではなかった。

「昨日はご挨拶の折りに配慮が足らず、失礼仕りました。本日はこちらのものをお納め頂きたいと思います」

藤井が風呂敷から桐箱を出して見せた。

年で視力の弱った上野介は目を細めながら、

「これは今さら何をくれよう」

「茶入れでございます」

頭を下げながら、源吾はビクビクしていた。

「茶入れとな。浅野殿が茶入れを下さるとは思わなかった」

「お気に召して頂けると有難く存じ奉ります」

「物を見なければわからんがな」

笑顔で桐箱を開けると、立花肩衝を見せた。

上野介は眉をひそめた。

「これはまた陳腐な」

藤井は頭を下げたまま黙っていた。

「まあ良い。初めから期待はしていなかったからのう」

吐き捨てるように言い放って、

「伝奏屋敷の支度は如何か」

話題を変えた。

「それでしたら、ここに控えます大高源吾が係でございますので、当人からお伝えいたします」

藤井の紹介に源吾が代わって、

「拙者が申し上げます。伝奏屋敷の襖絵ですが、狩野派の絵師に墨絵で鷹《たか》を描かせましてございまする」

「何、墨絵で鷹だと」

「はい」

自信満々に答えると、

「それはいかん。すぐに金箔に替えるように」

上野介は意地悪く言った。

「しかし、もう描いてしまいました」

「それは、お主の落ち度であろう」

上野介が源吾を睨んだ。

源吾は藤井を横目で見た。

「私が先日挨拶に伺ったときには、そのようなことは伝えられておりませんが」

と、藤井が申し開きをした。

「そんなことはなかろう。なあ、平八郎」

「殿に限って伝え忘れるということは考えられません」

二人は含みを持った目で睨みつけた。

「それに、浅野殿は以前にも御馳走役になっており、襖は金箔だと知っているはずだがのう」

と、付け加えた。

源吾は意地の悪い老人に恨みを持つけれど、ここで何か言い返して騒ぎになるのも主君のためにならないので、口に出しそうになった言葉を思いとどまって、

「左様でござりまするか。それでは、殿にそう申し伝えます」

「まったく。手が掛かるのう」

源吾は悔しい思いで、

「申しわけございません」

と、頭を下げた。

藤井と共に無言で鉄砲洲の上屋敷へ帰った。

「殿にはこのことを申し上げねばなるまいな」

藤井が言った。

「拙者が直接申し上げましょう」

「いやいや、家老であるわしから言うのが良いだろう」

「いいえ、拙者が絵師のことは任されておりましたので、申し上げる責任がございます」

自分で報告をしたい藤井を強引に押しのけて、浅野内匠頭に報せにいった。

内匠頭は吉良の様子が心配と見えて落ち着きなく待っていたようで、源吾が部屋

に入ったときにはうろうろと歩き回っていた。

「殿に申し上げます。本日、吉良邸へ伺いましたところ、吉良殿は茶入れを受け取りませんでした」

「なに、受け取らぬ。それはどういうわけだ。吉良殿から、茶入れが欲しいと言ってきたのに」

「吉良殿は狂言袴が欲しかったのでございましょう」

「あれはどうしても譲れん」

「藤井殿から狂言袴のことは進言されましたでしょうか」

「いや、何も」

源吾に藤井に対する不信感がたかまった。やはり都合の悪いことは話さなかったと思っていた通りであった。

「それで、絵に関することでございますが、拙者は狩野派の絵師に墨絵を描かせましたが、金箔の襖でないといけないと伝えられ、すぐに作り直すように命じられました」

源吾の言葉の端々から悔しさが伝わる。

「金箔の襖？　そんなことは聞いておらん。そもそも前に御馳走役に命ぜられたときにもそんなことはなかった」

「拙者もそう言い返したのですが、吉良殿はそんな筈はなかろうと言い張りました」

と聞いた時に、内匠頭の怒りが露わになり、

「なんと、いやらしい爺め」

きつい口調であった。

「如何いたしましょう」

「悔しいが従う以外他に方法がないであろう。すぐに金箔にさせろ」

と、上野介の命令に従った。

源吾は内匠頭の心情を思って、上野介に対する怒りがさらに増した。

五

元禄十四年三月十一日。

朝廷からの勅使、院使が江戸へ到着し、伝奏屋敷に入った。上野介の内匠頭に対する態度が素っ気なくなった。

勅使、院使が江戸へ着いてからの予定は、翌日に将軍綱吉と対面して年頭祝辞を述べて、二日目に勅使への饗応ならびに能楽などを催し、三日目の十四日に将軍からの最後の挨拶があった。

老中たちが浅野内匠頭に言いつけたように、近年規模が大きくなって予算が膨らんでいるので控えめにもてなそうとしたが、やはり幕府の威力を天下に見せつけるためにそれなりに大きな規模になる見込みであった。

ちょうどこの日、其角は二郎兵衛と一緒に深川の陽岳寺に向かった。

前日に愛之助から話し合いたいという文が届いていたのだ。

其角は愛之助が心を開いてくれたのだと思いたかった。

昼九つ（午後十二時）、二人は山門をくぐり、本堂の裏手にある墓地に向かった。

今日は朝からどんよりしていた。

風も少し冷たい。

其角は墓の前に立って、

「琴柱、もうすぐ愛之助さまが来る」

と、口に出した。

手を合わせていると背後に人の気配がして、振り返った。

愛之助だった。他に連れはいない。

愛之助が近づいてくるのを待った。

其角が声を掛ける間もなく、前を通り過ぎた。其角は黙ってやり過ごした。愛之助は墓の前に立ち、長い間手を合わせていた。

風に揺られて桜の花びらが数枚散っていた。

いつまでも手を合わせている愛之助に、

「この墓に琴柱は父親と一緒に仲良く入っているんです」

と、声を掛けた。

愛之助は墓前から離れた。

「琴柱と源七さんを殺したお詫びはしましたか。琴柱を殺したきつね目の侍も憎いが、それ以上にあなたが憎い」

其角は厳しい言葉を浴びせた。

「……………」

愛之助は何も答えず、

「俺に話というのは、そのことが言いたかったのか」

「違います」

其角は首を横に振ってから、切り出した。

「琴柱のお腹に子どもがいました。あなたはご存じでしたか」

「子ども？　まさか……」

愛之助の顔色が変わった。

「そうです。あなたの子です」

「俺の子……」

「あなたも琴柱に惚れていたのではありませんか」

「……」

「琴柱もあなたに惚れていたのです」

愛之助が首をわずかに動かした。

頷いたのか、否定したのか判断できない中途半端な動かし方だった。

其角はそれまでとは打って変わって乱暴な口調で、

「琴柱は子どもができたとわかって、困っていたよ。おかしいだろう。ふつう、好きな男の子ができたら嬉しいはずだ。琴柱とお前の仲がどうなっていたのかは知らん。だけど、琴柱はあの稼業を辞められる身ではなかったんだ。もし、お前の女房になるということだったなら話は別だが、そうじゃなかったんだろう。家族を養わないといけないないし、また恩人に金を与えていたんだ。自分の喜びというのがあまりなかったんだろうな。きっと、お前と会うことが辛い暮らしの中の憂《う》さ晴《ば》らしだったんだと思う。それなのに、その心を潰しやがって……」

と、怒りをあらわにした。

途中から、頭の中でまとまらず、思い浮かぶことを口にしていたら、琴柱のやるせない気持ちが乗り移ったように、感情が激してきていた。

「その上、源七さんまで殺させて、琴柱が貯めていた三十両まで奪うとは」

「三十両？」

愛之助はきき咎め、

「琴柱は手つかずの三十両を持っていたのか」

と、驚いたように言った。

「何か覚えがあるのか」

其角が訝《いぶか》しんできいた。

「俺が遣った金だ」

「なに」

「世話になった人に借金があるというので、俺が遣ったんだ」

「なんだって」

其角は唖然とした。

「まさか、あの三十両が愛之助さまからだったとは……。琴柱は愛之助さまからもらった金だから手を付けなかったのか」

其角は琴柱が本当に愛之助のことを好きだったのだと思った。部屋住みの愛之助が工面した金だから、使うに使えなかったのだろう。

「いつかその金をあなたに返そうとしたのかもしれません」

其角は丁寧な口調に戻った。

「ところで、琴柱を殺したきつね目の侍はどうしたのですか」

「…………」

「何かあったのですか」

「死んだ」

「死んだ？」

「俺が斬った」

愛之助が沈んだ声で答えた。

「なぜ」

「琴柱を殺したことが許せなかったのだ」

「やはり、あなたも琴柱を想っていたのですね」

「俺には琴柱はたったひとりの女だったが、俺の荒《すさ》んだ心持ちに嫌気が差したのか、俺から離れて行った」

「いや、違いますよ。琴柱にはそれを直してもらいたいという思いはあったでしょうし、それより身分違いだから身を引いたのですよ」

愛之助は黙っていたが、やがてうっと呻いた。

もう一度墓前に向かって、しゃがみこんで手を合わせて、

「琴柱！」

と叫んで、嗚咽《おえつ》を漏らした。


それから、三日後の三月十四日の朝。

この日、其角は朝餉のあと、散歩に出かけた。

まだ、外は暗く、朝の風は冷たい。体を震わせながらも、どこへ行くわけでもないので、足の赴くままに歩いた。

気が付くと、西本願寺《にしほんがんじ》の横を通っていた。右に行けば江戸城の方で、左に行けば浅野家の屋敷がある鉄砲洲だ。

どちらに足を進めようか迷ったときに、正面から歩いてくる大名の一行が見えた。挟み箱を担いだ二人を先頭に、長槍を持った者が続き、その後から黒塗りの乗り物が見えて来た。近習や小姓などが寄り添っている。丸に違い鷹の羽の紋を見て、浅野家だとわかった。

其角は一行をやり過ごした。

その後ろに源吾の姿があった。

其角は源吾に近づいて、

「大高殿」

と、声をかけた。

「どうして、こんな刻にここをお歩きで？」

源吾がきいた。

「とくに用はないんです。ただ、早く起きたので散歩に出たまでですよ」

其角は笑って答えた。

「ところで、大高殿は？　浅野さまのお見送りですか」

「本日、殿が御馳走役を務めますので、心配になって……」

「心配というと」

其角がきいた。

「いつぞや不破殿が聞いた話が拙者の脳裏から離れないのです」

「柳沢さまと吉良さまが企んでいるという話ですね」

「それだけではなく、これまでの殿と吉良殿の経緯もありますから」

源吾は顔を曇らせて言った。

其角からせっかく絵師を紹介してもらったのに、金箔に替えなければならず、其角の顔に泥を塗ったと気にしていた。

「本当に吉良さまは浅野さまに厳しいですね」

其角は嫌な心持ちがした。

「殿のことが気に入らないのでしょう」

「何事もなければいいのですが」

「殿は今のところ怒りを見せず、辛抱なさっております。今日という日が終われば、殿の心にたまった鬱憤もはれることでしょう」

そんな話をしながら、源吾は思いつめた目で一行を見つめていた。不安そうな目だった。

江戸城の上には黒くて重々しい雲がかかっていた。

何かが起こる。

其角は胸騒ぎがしてならなかった。

光文社文庫

文庫書下ろし

其《き》角《かく》忠《ちゅう》臣《しん》蔵《ぐら》

著者　小《こ》杉《すぎ》健《けん》治《じ》

2018年12月20日　初版1刷発行
2022年10月10日　2刷発行

発行者　鈴木広和
印刷　萩原印刷
製本　ナショナル製本

発行所　株式会社　光文社
〒112-8011　東京都文京区音羽1-16-6
電話（03）5395-8149　編集部
8116　書籍販売部
8125　業務部

落丁本・乱丁本は業務部にご連絡くだされば、お取替えいたします。
ISBN978-4-334-77774-6　Printed in Japan

組版　萩原印刷